KB043452

책갈피에 담아 놓은 교육 이야기

이 도서의 국립중앙도서관 출판시도서목록(CIP)은 e— CIP홈페이지(http://www.nl.go.
kr/ecip)에서 이용하실 수 있습니다.

책갈피에 담아놓은 교육 이야기

2015년 1월 24일 초판 1쇄 펴냄

ⓒ 민병희, 2015

글쓴이 | 민병희
펴낸곳 | 도서출판 단비
펴낸이 | 김준연
편집 | 최유정
등록 | 2003년 3월 24일(제10-2603호)
주소 | 경기도 고양시 일산서구 일중로 30 505동 404호(일산동, 산들마을)
전화 | 02-322-0268
팩스 | 02-322-0271
전자우편 | rainwelcome@hanmail.net
ISBN 979-11-85099-25-5 03810

책갈피에 담아 놓은
교육 이야기

민병희 글

단비
danbi

'모두를 위한 교육'에 관한 거의 모든 이야기

교육감으로 4년을 지내고 보니 '나는 어떤 일을 하는 사람일까?' 싶은 생각이 든다. 교육행정을 한다고 하는데, 누구처럼 공문이나 사업계획서를 작성하지는 않는다. 학생들이 '교육감선생님'이라고 불러주지만, 아이들과 교실에서 만나 수업하는 것도 아니다. 나중에 누군가 '당신, 교육감 하면서 한 일이 뭐야?'라고 묻는다면 뭐라고 답할 수 있을까. '평준화를 도입하고 학교를 바꾸려고 이런 저런 일을 했다.'고 하면 변명이 될까. 뭔가 부족한 느낌이다.

맞다. 교육감은 '말'을 하는 사람이다. '말'을 남겨둬야 밥값을 했다고 인정받을 수 있겠구나. 그런데 '말'이란 게 하는 순간 사라지는 것 아닌가. 지금이라도 글로 정리해놓지 않으면 나중에 더욱 구차해질 수밖에 없다. 그런 뜻에서 본다면 이 책은 지난 4년 6개월 열심히 일했다는 증거이기도 하고, 스스로 어깨를 다독이는 자기 위안이기도 한 셈이다.

2010년 교육감이 되면서 하루에도 서너 번 학생이나 교직원 또는 학부모님들과 도민을 만났다. 교육감실로 직접 오는 분들도 있지만, 대부분은 학교나 교육청, 행사장을 찾아가야 했다. 그럴 때마다 인사를 드리고 무슨 말을 꺼내야 하는데, 그것이 그리 쉽지만은 않은 일이다.

교육청 식구들이 대강 인사말을 준비해주기는 하지만, 그대로 읽으면 내 것이 아니라서 그런지 생동감이 떨어지고 재미도 덜하다. 그래서 시간이 날 때마다 내 말버릇대로 다시 고쳐서 인사말을 준비하곤 했다.

그렇게 준비했던 메모지를 지난해 선거를 앞두고 정리해보니 그대로 버리기에는 아까운 생각이 들었다. 이것도 어쩌면 작은 역사 아닐까 싶어 작은 책 한 권 엮어도 좋겠다 싶어 인간의 성장과 교육에 관한 좋은 글귀를 중심으로 다시 추렸더니 책 한 권 분량에서 조금 모자랐다. 지난 연말에 급하게 몇 가지 주제를 보탰다.

책을 엮고 보니까, '모두를 위한 교육' 1기 동안의 고민과 교육에 관한 거의 모든 이야기를 담았다는 생각이 든다. 이 책 한 권을 가까이 두면 어떤 자리에서 누구를 만나도 주제에 어긋남 없는 이야기를 나눌 수 있겠다는 자신감도 생겼다.

하지만, 돌이켜보면 이 책은 나 혼자 쓴 게 아니다. 왜냐하면 이 책에 나온 글은 아이들을 사랑하고 교육에 대한 고민이 깊은 동지들과 선배들의 말을 내 말버릇대로 옮긴 것에 지나지 않기 때문이다. 지혜와 용기를 빌려준 동지들과 앞서 살다간 선배들에게 고마움을 전한다. 당신들의 고민 끝에 나온 말 한 마디 한 마디가 강원교육으로 펼쳐질 수 있기를 간절히 소망한다.

2015년 1월. 차가운 공기가 피워낸 소양강의 상고대를 보며

민병희

🌱 동상이몽

아침에 밖에 나가보니
회관 문이 깨져있다.
우리들은 바람이 깼다 생각하고
어른들은 우리가 깼다 생각한다.

—「회관문」, 학급문집 『보리피리』, 고현우(삼척미로초 고천분교 3), 강심영·이광우 엮음, 2003

'이해할 수 없다.'고 하소연 하는 쪽은 언제나 어른들이다. 교사는 학생을, 부모는 자녀를 이해할 수 없다고 푸념한다.

아이들의 존재는 어른들의 이해를 선제로 하는 것이 아니다. 아이들은 그냥 존재하며 그 자체로 존중받아야 한다. 그래야 마땅하다.

'페이스북'에 떠도는 현우의 시를 보고 같은 현상을 두고 아이와 어른의 생각이 이렇게 다르구나 싶어 뜨끔했다. 자신의 기준으로만 세상을 바라보고 청년들을 '철없다'고 몰아세우는 이른들의 배타적인 모습이 이 시 한 편에 고스란히 드러난다. 어른들이 만들어놓은 틀 밖에 있는 아이들이 세상을 한 걸음 더 앞으로 밀고 가는 법이다.

고향 내평리에도 마을 회관이 있었다. 그때는 공회당이라 했다. 구멍이 세 개 뚫린 블록으로 쌓아 올려 허술했지만, 나무 창틀에 유리창이 있는 제법 현대식 건물이었다. 마을에 큰일이 있으면 가장 분주한 곳이었고, 회관 앞 공터는 아이들의 놀이터였다. 유리창 몇 곳은 늘 깨져있었지만 우리는 누가 그랬는지 궁금해하지 않았다. 그때 어른들도 어쩌면 우리가 유리창을 깼다고 생각했겠구나 생각하니 슬며시 웃음이 난다. 그러고 보면 우리를 있는 그대로 고스란히 이해해준 이는 늘 우리 자신이었다. 옛 동무들이 그립다.

내 나이가 어때서

니들만 심장이 뛰는 줄 아냐?

늙어도 심장은 뛴다.

죽을 때꺼정 심장은 뛴다.

─ 드라마《반짝반짝 빛나는》52회 대사 중에서

교육감이 되고 나서 드라마 한 편을 끝까지 본 기억이 별로 없다. 하지만 특강을 준비하다 보면 유행하는 드라마를 예로 들게 되는데, 시청률이 높은 드라마를 이야기에 끌어들이면 공감도가 높아지는 경우가 종종 있다.

"죽을 때까지 심장은 뛴다."

당연한 말이다. 인간의 삶과 죽음을 판단하는 가장 명확한 기준이 바로 심장 운동이기 때문이다.

여기서 '심장'이 뜻하는 것은 단순한 생물학적 심박동을 말하는 것은 아닐 것이다. '심장이 뛴다'는 것은 자신감의 표현이자 삶에 대한 애착이며 미래에 대한 희망이다. 젊은이들은 어르신들이 좋아하는 색깔이나 음식이 자신들과 다를 것이며, 멋진 이성을 봐도 설레지 않을 것이라 짐작하겠지만 천만의 말씀이다. 요즘 〈내 나이가 어때서〉란 노래가 유행이다. 이 노래도 언젠가는 유행의 뒤란으로 가라앉겠지만, 노래 가사만큼은 참으로 그럴듯하다.

"어느 날 우연히 거울 속에 비춰진/ 내 모습을 바라보면시/ 세월아 비켜라/ 내 나이가 어때서/ 사랑하기 딱 좋은 나인데"

맞는 말이다. 심장이 뛰기만 한다면 언제나 사랑하기 딱 좋은 나이다.

🌱 받아쓰기 교육과정

학교가 학생들이 성공을 경험하는 장소가 돼야 한다. 성공을
경험하면 자신감을 얻게 되고, 자신감은 창의성과 연결된다.
아시아 대부분의 국가에선 학생들의 순위를 매기고, 99.9점을
받아도 0.1점을 더 받으라고 다그친다. 극복해야 할 과제다.

— 노벨상 수상자 리 위안저가 〈아시안 사이언스 캠프〉에서 청소년에게 한 말 중에서

교육부와 시·도교육청이 고시한 교육과정에는 찾아볼 수 없는 '받아쓰기 교육과정'. 초등학교 1학년이 된 모든 아이들의 지적 능력을 평가하는, 아주 흔하고도 뻔한 방법으로 쓰인다. 부모들은 아이가 학교에서 받아 오는 점수를 옆집 아이와 비교하면서 안도하거나 속을 끓이기도 한다.

우리 때도 있었고 어쩌면 그 이전부터 있었을지도 모르는 '받아쓰기'는 교사가 불러주는 낱말이나 문장을 틀리지 않고 쓰는 시험이다. 보통 열 문제를 보는데 모두 맞으면 100점이고 틀린 낱말에는 빨간색으로 사선이 그어진다. 일부 부모들은 초등학교에 들어가기 전부터 시중에 나와있는 받아쓰기 급수카드로 미리 연습을 시킨다. 100점을 맞은 아이는 우쭐한 자신감에 빠지고 그렇지 못한 아이는 한글을 깨우치지 못했다는 패배감에 빠지게 된다. 더군다나 틀린 문제는 보통 다섯 번 정도 다시 쓰는 숙제가 뒤따르는데, 아이들이 받는 스트레스는 어른들이 상상하는 그 이상이다.

학교에서 서둘러 없애야 할 관행 가운데 하나가 받아쓰기 시험 같다. 과연 받아쓰기가 1학년 아이들에게 꼭 필요한 공부인지도 의문이다. 학교에 갓 입학한 아이들에게 나머지 공부와 암기 학습을 시켜 자신감과 배움에 대한 흥미를 떨어뜨리는 일부터 시작하는 건 아닐까 돌아봐야 한다.

❧ 침묵의 이해

아이들의 침묵은 때때로 정직함을 표현하는 방법입니다.
아이들은 정직합니다. 아무 대답도 하지 않고 있을 때도 아이는
대답하고 있습니다. 사실은 얘기할 수 없지만 거짓말을 하고
싶지도 않기 때문에 대답하지 않는 것입니다. 우연히 알게 된
아주 놀라운 사실을 알려드리겠습니다. 그것은, 침묵은 때때로
정직함을 표현하는 아주 좋은 방법이라는 것입니다.

— 『야누슈 코르착의 아이들』, 야누슈 코르착, 노영희 옮김, 양철북, 2002

'아이들의 침묵이 또 다른 거짓말을 하지 않기 위한 것'이라는 코르착의 혜안이 빛난다.

잘못을 저지른 아이를 앞에 놓고 '왜 말이 없냐.'고 다그쳤던 모든 어른들이 새겨들어야 할 말이다. 교사로서 부모로서 아이들에게 저질렀던 잘못이 주마등처럼 지나간다.

최근 중·고등학교에서 운영하는 상·벌점제 폐지를 두고 논란이 뜨겁다. 아이들의 잘못을 지적하기는 쉽지만 잘한 일을 찾아 칭찬하기는 어렵다. 안타깝게도 그것이 우리 문화다. 그래서 그런지 몰라도 상점이 쌓여 칭찬이나 보상을 받기보다는 벌점이 쌓여 교내 봉사활동이나 벌을 받는 경우가 훨씬 많다.

문득 벌점제를 폐지하고 상점제만 있다면 어떤 일이 벌어질까 궁금하다. 일부 교사들은 생활지도가 더 어려워질 것이라고 하소연 하겠지만, 벌점을 두려워해 학생들이 문제행동을 하지 않을 것이라는 기대감은 교육적이지 못한 심리다. 또한 벌점이 쌓여 벌칙을 받은 아이들은 너 이상 멀섬을 누려워하지 않을 수도 있다.

내 자식을 벌점으로 관리하지 않듯이 벌점제는 없애고 상점제만 남겨두는 것이 어떨까.

상점제 또한 이상적인 것만은 아니다. 상점제보다는 칭찬이 더욱 좋지 않을까?

자연 속에서 자연처럼

지적인 교육에서 자연의 역할을 과대평가해서는 안 된다.
아이들이 자연에 둘러싸여 있으면 저절로 자극을 받고 지적인
발달이 일어난다고 생각하는 교사가 있다면 그것은 잘못된
생각이다. 자연은 이성이나 감정이나 의지에 직접 작용을 하는
마법 같은 절대적인 힘이 아니다. 자연은 오직 우리가 자연을
알게 될 때, 인과관계에 대한 생각이 우리 안으로 스며들 때,
그제야 교육의 막강한 뿌리가 된다.

— 『아이들에게 온 마음을』, 바실리 알렉산드로비치 수호믈린스키, 수호믈린스키교육사상연구회
옮김, 고인돌, 2013

'자연은 위대한 스승'이라는 말이 있다. 어릴수록 자연 속에서 많은 것을 배운다. 생명의 소중함을 배우고 세상의 이치를 깨닫는다. 우리나라에도 숲 유치원이 여기저기 생기고 있다. 숲 유치원은 하루의 대부분을 숲 속에서 마음껏 뛰어놀고 오감으로 자연만물과 교감하는 체험 중심의 활동을 할 수 있도록 교육과정을 구성한다.

아직까지 강원도에는 숲 유치원이 정식 인가를 받은 경우는 없는 것으로 아는데, 최초의 숲 유치원은 덴마크에서 시작했다고 한다.

우리 역사를 더듬어보면 어린 시절 하루 종일 산과 바다, 들판을 쏘다녔던 우리 조상들 역시 숲 유치원의 동문들이 아닐까 싶다. 그런 의미에서 본다면 숲은 인류 최초의 유치원이라 할 수 있겠다.

근대적 의미의 인위적 유치원을 처음 만들어낸 이는 독일의 프뢰벨이며, 1840년에 창립한 아이들의 정원(Kindergarten)이 그 시초다.

강원도 유치원들도 틀에 박힌 유치원에서 벗어나 우리 조상들이 누렸던 숲 유치원, 또는 프뢰벨이 세운 '아이들의 정원'처럼 자연 곁으로 돌아가는 날을 그려본다.

부모의 모습은 아이들의 거울

부부 간의 사랑에 대해 한마디 하고 싶습니다. 부부 간의
사랑이 부족하다는 것을 아이가 잘 느끼지 못한다는 것은 어느
정도 사실입니다. 하지만 사랑이 있으면 아이는 그것을 바로
흡수합니다.

— 『아누슈 코로차의 아이들』, 아누슈 코로차, 노영희 옮김, 양철북, 2002

아버지는 네댓 걸음 앞서가고 어머니는 그 뒤를 따랐다. 부부가 나란히 손을 잡고 걷는 모습을 보지 못하고 자랐다. 우리 부모 세대들은 다들 그렇게 살았고 사랑을 살갑게 표현하는 것을 부끄러운 일로 여겼다. 그런 시절을 살다 보니 나도 아내에게 살갑지 못하다. 아내와 다정하게 말을 주고받는 것이 늘 어색했다. 칭찬이나 격려보다는 무심한 척하고 살았다. 모처럼 술이라도 한잔 걸친 날이라야 포옹도, 너스레도 떨 수 있었다. 나는 그렇게 살지만 우리 아이들은 부부에 대한 존중과 사랑을 마음껏 표현하며 살기를 바란다.

코르착은 '부부가 서로를 존중하고 사랑하고 친절하게 대한다면 아이들은 절로 행복함을 느낄 것'이라 강조하고 있다. 자녀 앞에서 부부가 사랑을 표현하는 것은 아이들에게 주는 큰 선물이다. 아이들은 편안함을 느끼고 사랑하는 법을 배울 것이다.

어려워하지 말고 부부가 아이를 중심에 두고 다정하게 이야기를 나누어보자. 어떤 답을 구하기는 어려울지 모르시만 그것이 바로 가정의 참모습이다. 그리고 부모가 자신의 문제를 중심에 두고 서로 진지하게 이야기를 나누고 있다는 모습만으로도 아이에게는 큰 힘이 될 것이다.

❦ 나쁜 어른표

친절한 마음과 선의의 행동이 남에게 보이기 위한 단순한
자랑거리로 변해서는 안 된다. 자기가 한 일에 대해 가능한
알리지 않고, 그에 대한 칭찬이나 칭송도 없어야 한다. 이것이
교육적 가르침에 필요한 것들이다. 가장 위험한 생각은 아이가
자신의 행동을 용감하고 공을 쌓은 것이라고 저 스스로 여기는
것이다.

— 『아이들에게 온 마음을』, 바실리 알렉산드로비치 수호믈린스키, 수호믈린스키교육사상연구회
옮김, 고인돌, 2013

칭찬은 고래도 춤추게 한다. 이 말은 칭찬에
인색했던 우리 교육문화를 되돌아보게 하는 큰 구실을 했다. 학급운
영을 잘한다는 교사들도 빠지지 않고 보기로 들었던 경구다.

그 즈음해서 초등학교 교실을 중심으로 학생들의 선행이나 성실성
을 표로 만들어 개인의 성과를 공개하는 학급문화가 있었다. 아이들
은 표(스티커)를 많이 받으려고 치열한 노력을 펼쳤고 이를 바라보는
교사들은 흐뭇했을 것이다.

이러한 분위기는 교원들에게도 그대로 적용되었다. '부적격 교사
퇴출'과 '교원 전문성 향상'이라는 명분으로 이루어지는 다양한 평가
(근무 평가, 다면 평가, 교원 평가, 성과급 등)가 교원들의 압도적인 반대
에도 위세를 떨치고 있으니······.

인간을 평가한다는 것이 얼마나 어리석은 일인지 알면서도 우리는
어떻게든 서로를 평가하려 한다. '자신이 우수하고 공을 쌓았다고 생
각하는 것 자체가 개인의 성장에 위험 요소가 될 수 있다.'는 수호믈
린스키의 말은 '오른손이 하는 일은 왼손도 모르게 하라.'는 말처럼,
오래된 말이지만 여전히 중요한 말이다.

동화 『나쁜 어린이표』처럼, 내가 누구를 평가할 때 그 '누구'도 나
를 평가하고 있다는 사실을 잊지 말아야 한다.

❧ 소중한 가치의 진정성

"자기 어머니께 효도하는 것보다 인류를 사랑하는 게 더 쉽다."
이 속담에는 교육자들이 새겨들어야 할 큰 지혜가 담겨있다.
자기에게 소중하고 가까운 사람을 진심으로 아끼고 사랑하지
않는 사람에게 인류애를 가르치는 일은 불가능하다. 자기
가족의 사랑에 대한 말은 사랑 그 이상이다. 친절함과 동정심을
가르치는 참다운 학교는 가족이다. 자기 자신과 부모님과의
관계, 조부모님과의 관계, 형제자매와의 관계는 모든 인간애의
시금석이다.

— 『아이들에게 온 마음을』, 바실리 알렉산드로비치 수호믈린스키, 수호믈린스키교육사상연구회
옮김, 고인돌, 2013

충, 효라는 말에 의식적인 거부감이 들었던 시절이 있었다. 학창시절 귀가 따갑게 들었던 '나라에 충성하고 부모에 효도하라.'는 말에 정권의 숨은 의도가 있었다는 것을 알고부터였던 것 같다. '충'과 '효'가 국가와 부모에 대한 일방적인 감정이 아니라 '인류애' 또는 '인간애'라는 보편적 철학을 바탕으로 한 것이었으면 어땠을까 하는 아쉬움이 남는다.

교육감이 된 이후 한 주에 한두 번은 백두대간을 넘어 다닌다. 철마다 바뀌는 우리 산하가 얼마나 장엄하고 아름다운지, 그리고 자연의 일부인 듯 어울려 살아가는 사람들의 모습에 가슴이 뭉클할 때가 많다.

자신이 태어난 나라와 낳아준 부모님을 사랑하는 것은 지극히 당연한 감정이다. 늘 함께 있는 것에 대한 소홀함은 '그것'이 갑자기 눈앞에서 사라지거나 부족할 때 절실함으로 바뀌는 법이다.

타인에 대한 공감과 인류애의 바탕이 가족 간의 사랑이라는 것을 누구도 부정할 수 없다. 자신이 국가와 민족(민중)을 위해 중요한 일을 하고 있다고 생각하는 사람일수록, 자신에게 진정 소중하고 가까운 사람을 아끼고 사랑하는 것이 바로 인류애의 시작이라는 말을 잊지 않길 바란다.

인간을 인간답게 만들어주는 조건

'차이'가 없으면 소통의 필요가 없다. 그렇다면 '말'과 '행위'도 필요 없게 된다. 만일 우리 모두가 똑같다면 우리는 서로를 완벽하게 이해하게 된다. '차이'가 없다면 결국 인간의 복수성 자체가 무의미하고 불필요한 개념이 될 것이다. 흔히 불편하게 생각하는 서로의 '차이'가 인간을 인간답게 만들어주는 조건이다.

— 한나 아렌트

낯선 사람을 만나면 우리는 서로의 고향이나 출신 학교, 나이를 묻곤 한다. 이 모든 것이 다르더라도 기어코 공통점 하나쯤은 찾아내고 만다. 그런 점에서 '차이가 인간을 인간답게 만들어주는 조건'이라는 말은 시사하는 점이 크다. 동질성이 아니라 이질성이 인간을 인간답게 만들어주는 조건이라니 쉽게 납득되지 않을 수 있다.

'인간의 개별성을 인정하는 것에서 교육이 시작되어야 한다.'는 한나 아렌트의 말은 더욱 곱씹어볼 필요가 있다. 하지만 그동안 우리의 교육은 학생들마다 다른 성향을 애써 무시하고 없애는 데에 힘을 써왔다. 같은 교복을 입고 같은 교과서로 같은 진도를 배우는 것이 대한민국 교실의 모습이었다. 개인의 차이가 드러날 수 있는 토론식 수업은 생각할 수도 없었고, 자신의 생각을 드러내는 질문은 치기 어린 학생의 반항으로 치부되기도 했다.

같은 교실에 있지만 아이들이 서로 다른 진도를 공부하게 할 수 없을까. 아이들의 차이를 그대로 인정하고 그 자리에서 배움을 즐길 수 있는 방법은 없을까.

한 발 더 내딛고 싶다.

부모 욕심

아이들은 아이들다워야 자연의 순리에 맞다. 이 순리를 억지로
거역하면 결국에는 제대로 익지 않아 풍미도 없고 곧 썩어버리는
설익은 열매를 거두게 된다. 어린아이들은 언제나 그들 나름의
기준으로 세상을 보고 생각하고 느낀다. 이런 아이들에게
어른들의 생각을 강요하는 것은 참으로 어리석은 짓이다.

— 『에밀』, 장 자크 루소

아직 일어서지 못하는 아이들만이 볼 수 있는 세상이 있다. 말하지 못하는 아이들만이 들을 수 있는 소리가 있고, 글 읽지 못하는 아이들만이 보는 세상이 있다.

아이가 배 속에 있을 때는 '건강한 모습으로 세상에 나오면 더 큰 욕심 내지 않겠다.'고 다짐하지만, 아이가 건강하게 세상에 나오는 순간 또 다른 욕심을 갖게 되는 게 부모다. 다른 아이보다 더 먼저 일어서고 말을 하고 글 읽기를 바란다.

글을 아는 아이와 모르는 아이의 그림책 보기는 다를 수밖에 없다. 글자를 모르는 아이는 그림책에 숨겨있는 모든 기호를 세심히 살피고 받아들이지만, 글자를 아는 아이는 글을 읽는 것으로 그림책을 다 읽은 것으로 생각한다. 여기에 또 다른 결핍이 생길 수 있다는 사실을 모르는 것이 부모들의 문제다.

우리 아이들이 자신의 발달단계에 따라 자연스럽게 일어서고 말과 글을 배울 수 있도록 기다려줘야 한다. 아이들 나름의 속도가 있으니까.

아이를 애어른으로 만드는 것은 결코 좋은 교육이 아니다.

권위⋯⋯ 그리고 교권

아이들은 선생님에게 권위가 있기 때문에 배우는 것이 아니라,
그 권위를 견디며 배운다. 좋은 선생님은 스스로 자신을 낮추어
아이들과 함께하며 아이들과 상의하고 같이 관찰하며 가르치려
하지, 오래전 학교 선생님처럼 아이들 위에 군림하며 명령하지
않는다.

— 장 피아제

학생인권조례 제정을 위한 움직임을 가로막는 최대의 논리가 바로 교권 추락이었다는 점에서 볼 때 '아이들은 선생님에게 권위가 있기 때문에 배우는 것이 아니라, 그 권위를 견디며 배운다.'는 피아제의 말은 교사의 권위 또는 교권의 의미를 어떻게 해석해야 하는지를 잘 보여준다.

피아제의 말은 학생들이 교실에서 교사의 수업을 귀 기울여 듣는 것이 교사의 권위 때문이 아니라 자신들이 배움을 선택했기 때문이라는 가설을 담고 있다. 물론 의무교육이라는 말에는 교육을 받기 싫어도 받아야 한다는 의미가 담겨있지만, 학교교육을 거부하고 학교 밖에서 배움을 이어가는 경우가 점점 많아지고 있는 것도 인정할 수밖에 없다.

교권은 권력이 아니라 권위다. 그리고 권위는 정당성을 획득해야 생기는 것이고, 그 정당성은 학생들에게서 나온다. 피아제도 권위라는 말을 인정하고 있기에 '견디며 배운다.'는 말을 썼을 것이다. 그래서 '군림', '명령'과는 다른 의미임을 다시 한 번 강조하고 있는 것이다.

'친절한 교사, 재미있는 수업, 한 사람도 포기하지 않는 교육'은 우리가 가야 할 길이고, 강원 교육이 앞장서서 풀어야 할 화두다.

🌱 발상의 전환

인생에 너무 늦었거나, 혹은 너무 이른 나이는 없다.

— 영화《벤자민 버튼의 시간은 거꾸로 간다》에서

인간은 죽어가는 것일까, 살아가는 것일까?

우리는 '인간은 태어나서 죽을 때까지 살아간다.'고 말해왔다.

하지만 그렇지 않은 민족도 있다고 한다. 미얀마의 작은 섬에 살고 있는 '올랑사키아'라는 부족은 갓 태어난 아기의 나이를 예순 살로 정하고, 해마다 한 살씩 줄여가 60년 뒤에는 0세가 되게 한다. 만약 0세보다 오래 살 때는 덤이라 하여 다시 10살을 더해주고 거기서부터 다시 한 살씩 줄인다고 한다.

신이 우리에게 준 생명이 태어나면서부터 한 살씩 줄어든다 생각하면 더욱 가치 있는 삶을 살려고 노력하지 않을까…….

영화 《벤자민 버튼의 시간은 거꾸로 간다》는 이러한 상황을 시간의 흐름과 일생을 거꾸로 대비시키는 방법으로 연출했다. 태어나서 죽어가는 모습을 노년과 중년, 다시 청년과 소년, 갓난아기로 변화하는 모습으로 그린 것은 많은 생각을 하게 한다. 모든 사람이 겪는 생의 순서를 역으로 살아간다는 것, 그러면서 인간의 삶을 반추해보는 것도 의미 있는 일이지 싶다.

2015년 3월 1일자로 강원도에도 방송통신 중학교가 생긴다. '인생에 너무 늦었거나, 혹은 너무 이른 나이는 없다.'는 말을 새로운 도전을 준비하는 분들께 꼭 전하고 싶다.

❦ 함께 만들어가는 세상

전 세계 사람들이 공유하는 특정 분야의 지식이 '내가 직접
두드리는 자판에서 만들어진다.'는 사실만으로 우리는 기꺼이
귀한 시간을 그 공간에 바친다.

— 위키트리에서

"밤으로도 묵을 만들 수 있을까?", "푸른 토마토로 할 수 있는 요리는 없을까?" 이렇게 물으면 많은 사람들은 무조건 컴퓨터나 스마트 폰을 꺼내 '밤묵'이나 '푸른 토마토 요리법'을 검색할 것이다. 그리고 곧 누군지 모르는 사람들이 올려놓은 유익한 정보를 만나게 된다.

집단지성을 발휘하는 장면을 가장 손쉽게 경험할 수 있는 곳이 있다면 바로 '위키트리', '위키백과' 같은 곳이 아닐까 싶다. '위키트리'는 위키 기반 뉴스 사이트로 2010년 2월 1일에 시작했으며, 사용자들이 직접 기사를 생산하고 변경, 수정할 수 있는 웹사이트다. 또한 '위키백과'는 모두가 함께 만들어가며 누구나 자유롭게 쓸 수 있는 다국어판 인터넷 백과사전이다.

자신이 아는 지식과 뉴스를 아무런 대가 없이 잘 알지 못하는 다수에게 제공한다는 것은 어쩌면 자본주의 사회에서는 맞지 않는 개념이다. 하지만 다수의 사람은 기꺼이 자신의 시간을 들여가며 지식과 정보를 나눈다. 개인의 자발성으로 만들어낸 지식과 성보를 집단이 함께 공유하는 방식은 앞으로도 더욱 활발해질 것이다.

어쩌면 이제 우리가 갖추어야 할 것은 다수가 제공한 지식과 정보의 순도를 가늠할 수 있는 자기만의 안목을 키우는 일이지 싶다.

타인과의 공감

타인과의 공감을 거부하는 행위는 진짜 괴물들에게 힘을 휘두를
능력을 주는 겁니다.

— 조앤 K. 롤링. 2008년 하버드대 졸업식 축사 중에서

4

34

4억 5천만 부가 팔린 책. 67개 국어로 번역된 판타지 소설 『해리포터』의 작가 조앤 롤링, 그의 힘은 현실이 아니라 상상에서 나왔다. 경쟁에 찌든 어른들이 흔히 말하는 '쓸데없는 생각'이 세상의 모든 청소년들의 공감을 불러일으켜, '성경 이후 최고의 베스트셀러'라는 찬사를 만들어냈다.

그런 그가 2008년 하버드대 졸업식에 참석해 강조한 것은 다름 아닌 '타인과의 공감'이었다. 타고르도 "우리는 어쩌면 지식을 써서 힘 있는 이가 될지도 모르지만 공감으로 온전함을 얻는다."고 강조했다. 또한 월트 휘트먼은 「나 자신에 관한 노래」란 연작시에서 "타인과의 공감 없이 길을 걸어가는 이는, 그가 누구든지 수의를 걸친 채 자기 자신의 장례식으로 걸어가고 있는 것"이라 노래했다.

'공감'이란 성숙한 인간이자 온전한 인간의 조건이며, 타인과 바깥 세계와 관계 맺는 긍정적 행위를 뜻한다. 타인의 고통을 함께 느끼고 세상의 부정에 눈감지 않는 것, 그것이 바로 공감이다.

그래서 2014년 11월 17일 있었던 '쌍용자동차 노동사들의 해고는 정당하다.'는 대법원의 판결은 안타깝기만 하다. 공감과 연대는 나부터 시작해야 한다.

🌱 사람을 움직이는 힘

경제 위기에서 탈출하고자 한다면, 하이컨셉 하이터치 시대를
맞이하고자 한다면, 사람의 능력을 당근으로 유혹하고 채찍으로
처벌하는 잘못된 인습을 과감히 포기해야 한다.

— 『새로운 미래가 온다』, 다니엘 핑크 , 김명철 옮김 · 정지훈 감수, 한국경제신문, 2012

어떤 정책을 추진할 때 가장 큰 고민은 그 정책을 달가워하지 않는 직원들을 참여시키는 방법이다. 그래서 지금까지 써온 가장 손쉬운 방법은 상과 벌을 주는 것이었다. 방과후 업무가 임청나게 늘어날 때는 업무 담당자에게 부장 점수를 주고, 학교폭력 문제가 심해지면서는 생활지도교사에게 승진 가산점으로 달랬다. 이뿐만이 아니다. 청소년 단체 업무처럼 교사들 본연 업무가 아닌 일을 할 때도 여지없이 승진 가산점으로 교사들을 유혹해왔다.

이런 일처리 방식은 직원들의 자발성을 철저하게 무시한다. 그래서 상을 주지 않는 정책들에는 아예 관심을 갖지 않게 만들어버린다. 결국 이런 방식은 직원들을 철저하게 개별화, 대상화할 뿐만 아니라 가장 큰 성취동기인 자발성을 발휘할 수 없게 한다.

물론 정책 추진의 성과에 따라 당근과 채찍이 필요하기도 하다. 하지만 이때 당근이라는 상은 정책 추진 결과에 대한 보상에 그쳐야 한다. 그렇지 않고 참여를 유도하는 수단으로 쓰일 경우 성취도를 좌우하는 가장 큰 요소인 자발성이 여지없이 무너지기 때문이다. 세상을 움직이는 힘은 상과 벌에서 나오는 것이 아니라 인간이 갖고 있는 '선의'라는 사실을 꼭 기억해야 한다.

❧ 꿩을 먹으면 알은 남겨야

이 세상은 우리의 필요를 위해서는 풍요롭지만, 우리의 탐욕을 위해서는 궁핍한 것이다.

― 마하트마 간디

2013년 동해안은 도루묵 풍년이었다. 알을 낳으러 바닷가 수초로 모여든 도루묵을 뜰채로도 잡을 정도였다. 이렇게 도루묵이 많아진 까닭은 다름 아니라, 동해 어민들이 수초에 붙어있는 도루묵 알 채취를 그만두었기 때문이었단다.

"꿩 먹고 알 먹으면 멸종이다." 벌써 5년 전이다. 촛불 집회가 한창이던 때 집회에 참여한 환경단체의 현수막 글귀가 눈에 들어왔다. 빠른 성장과 많은 양의 고기를 얻기 위한 인간의 탐욕은 사육하는 동물의 본능을 거세했으며 사육이나 양식, 재배가 어려운 동·식물은 멸종의 상황으로 내몰리고 말았다.

'꿩 먹고 알 먹고'는 한 가지 일로 두 가지 이상의 이익을 본다는 말인데 지극히 인간의 욕심이 투영된 말이다. 인간의 탐욕은 끝이 없다. 그래서 아무리 풍요로운 지구도 인간의 탐욕 앞에서는 늘 부족할 수밖에 없다.

올해는 지난해만큼 도루묵이 많지 않다고 한다.

도루묵의 감칠맛을 우리 아이들도 느낄 수 있도록 하려면 도루묵은 먹어도 알은 남길 줄 알아야 한다. 그런데, 꿩먹고 알만 남기면 알은 누가 품나? 꿩도 함부로 잡을 일이 아니지 싶다.

🦋 자유

자유를 주면 방종으로 흐르기 쉽다는 주장은 타인에게 자유를
주지 않겠다는 무의식적인 지배욕을 전제한다. 우리는 사랑하는
사람에게 자유를 주려고 하지만, 우리가 지배하고 소유하려는
사람에게는 자유를 허락하지 않는다.

— 시인 김수영

일부 정치인들이 '민주주의의 과잉'이라는 말을 거리낌 없이 떠벌리는 시대다. 하지만 이는 춥고 어두웠던 유신 시절 '한국적 민주주의'라는 뒤틀린 민주주의의 또 다른 표현이며, 자유를 불편해하는 독재자의 논리다.

'자유를 주면 방종으로 흐른다.'는 말, 어른들한테 참 많이 듣던 말이다. 어른들은 틀을 벗어나려고 몸부림치는 아이들에게 '너희들은 미성숙해서 아직 안 돼.' 하며 어른들의 규칙 속에 아이들을 가두었다.

"풀이 눕는다/ 비를 몰아오는 동풍에 나부껴/ 풀은 눕고/ 드디어 울었다"로 시작하는 시 「풀」을 쓴 김수영은 1968년 47세의 나이로 죽었다. 그런 김수영이 '민주주의의 과잉'이라는 말이 얼마나 허무맹랑한 말인지 날카롭게 지적하고 있다.

이러한 지적은 국가 권력의 잘못에 대한 비판도 되겠지만, 학교와 가정에서도 곱씹어봐야 할 말이다. 부모와 연인 사이의 '사랑'도 자유를 전제로 하지 않으면 지배하고 소유하려는 욕심이 될 수 있다.

사랑과 집착, 보호와 간섭의 경계가 혼란스러울 경우 "사랑하는 사람에게 자유를 주려고 하지만, 지배하고 소유하려는 사람에게는 자유를 허락하지 않는다."는 시인의 말은 두고두고 큰 깨우침을 줄 것이다.

🌱 심장을 뜨겁게 하는 교육

사람의 손은 수십 억 가지 동작을 할 수 있다. 손은 의식의
위대한 어머니고 지혜의 창조자다. 손은 사고력에 정확성, 정밀성,
명확성을 부여한다. 사고력은 전체에서 부분으로, 일반에서
구체로 넘어간다. 손은 이런 이동에 적극 참가한다.

— 『선생님들께 드리는 100가지 제안』, 바실리 알렉산드로비치 수호믈린스키, 수호믈린스키교육
사상연구회 옮김, 고인돌, 2010

정부가 내세운 '창조 경제'가 무엇인지 아무도 모른다는 이야기가 사람들 입에 오르내리고 있다. 힘을 가진 사람들은 '창조 경제'가 중요하다고 말하지만, 구체로 그것이 무엇을 뜻하는지는 설명하기 어렵다는 것만은 분명하다.

강원도교육청은 지난 11월 『모두를 위한 교육 2차 중기계획』을 발간했다. 앞으로 4년 강원교육의 청사진이다. 그런데 중기계획 100쪽에 있는 강원교육의 중점 '창의공감교육'은 거듭 읽어보아도 '이거다' 하고 잡히는 것이 없다. 창의공감교육이 '창조 경제' 같은 처지에 내몰려지는 것은 아닌지 걱정이 앞선다.

'창의'라는 말을 들으면 우리는 흔히 인간의 '뇌'부터 떠올린다. 당연한 일이지만 뇌 속에만 머물면 그것은 공상이 되고 만다. 내가 생각하는 창의교육은 지식교육에서 표현교육으로 우리 교육의 무게 중심이 움직여가는 것이라 본다. 지식의 습득보다 습득한 지식의 운용에 집중해야 한다는 뜻이다. 배운 지식을 실천하는 교육으로 나아가야 한다. 그런 의미에서 본다면 창의교육은 문학교육이고 미술, 음악, 연극을 포함하는 예술교육이며 체육교육, 노작교육이 될 수 있겠다. 또한, 이렇게 표현하는 활동에 함께 참여하면서 모든 것을 함께 느끼고 이해하는 것에서 공감교육이 시작될 것이라 본다. 몸을 움직여 심장을 뜨겁게 하는 교육, 그것이 '창의공감교육'이 아닐까.

❧ 이제 다시 거친 땅으로

우리는 마찰이 없는 미끄러운 얼음판으로 잘못 들어선 것이다.
어떤 의미에서 그 조건은 이상적인 것이었지만 그로 말미암아
우리는 걸을 수 없게 되었다. 그러므로 마찰이 필요하다. 거친
땅으로 되돌아가자!

― 비트겐슈타인

"좋은 게 좋은 거야." 지금까지 하던 일을 그대로 하고자 하는 사람들이 늘 입에 달고 하는 말이다. 관행이란 이름으로 일어나는 많은 일들이 외부의 눈으로 보면 한심하기 그지없지만, 안에 있는 사람들은 '좋은 게 좋은 거'라는 자기 최면에 걸린 채 산다. 누군가 관행의 잘못을 지적하거나 바꾸려는 노력을 하면 마찰을 일으키는, 또는 조직에 분란을 만드는 사람이라고 나무란다.

2010년 7월 1일 교육감 취임 뒤, 강원교육계가 개혁의 대상으로 내몰린 적은 단 한 번도 없었다고 자부한다. 우리는 늘 혁신적인 정책을 내놓았으며, 교직원들은 개혁에 앞장서 왔다. 새로운 정책을 선보일 때마다 찬·반이 있었고 언론은 서로의 입장을 공정하게 보도했다. 이해관계가 명확하고 찬·반이 극명하게 나뉘는 문제에 대해서는 도민 전체를 대상으로 여론조사를 하기도 했다.

'갈등, 충돌, 마찰, 이견, 대립, 혼란'이라는 낱말은 부정적인 느낌을 주기도 하지만 지난 4년 강원교육이 걸어온 발자국마다 남아있는 흔적이기도 하다. 그런데 비트겐슈타인의 말을 빌면 갈등이나 마찰은 방향을 바꾸거나 새로운 출발을 할 때는 꼭 필요한 것이다.

이제 다시 거친 땅으로 돌아가자. 그리고 교육선진국의 가능성을 강원도에서 만들어가자.

교사와 수업

나는 평생 이 수업을 준비했고 모든 수업을 평생 준비합니다.
그렇지만 이 수업 준비에 직접 들인 시간은 15분밖에 안 됩니다.

— 『선생님들께 드리는 100가지 제안』, 바실리 알렉산드로비치 수호믈린스키, 수호믈린스키교육
사상연구회 옮김, 고인돌, 2010

이 땅의 교사라면 수업 공개에 얽힌 크고 작은 일화들이 있을 텐데, 썩 좋은 기억은 많지 않을 것이다. '연구수업'이라는 이름으로 이루어지는, 보여주는 수업을 위해서 많은 교사들이 여러 날 고민하고 자료를 준비한다. 하지만 평소에 한 시간 수업을 위해 우리가 투자할 수 있는 시간은 솔직히 많지 않다.

일상적인 수업의 모습을 그대로 보여주지 못하는 이중성에 자신을 질책하는 교사들도 많다. 그런 측면에서 "이 수업을 위해 시간을 얼마나 투자했느냐."는 물음에 "나는 평생 이 수업을 준비했고 모든 수업을 평생 준비합니다."는 답변은 교사의 교직관이 그대로 녹아있는 철학적 성찰이라 본다. 이 말은 교사의 삶 자체가 수업 준비를 위한 것이라는 말과 통한다. 멋진 말이다. 이 말에 긍정한다면 교사의 경력이 높아질수록 수업은 더욱 풍성해지고, 아이들의 지적 욕구를 자극하는 활동은 더욱 다양하게 펼쳐질 것이다.

연금제도를 바꾼다는 소문에 퇴직을 서두르는 교원들이 급격하게 늘고 있다. 안타까운 일이다. 30년 넘게 수업을 준비해온 분들이 좀 더 교직에 남아 아이들을 지켜주셨으면 좋겠다. 그런 의미에서 연금제도의 변화에 대해서도 후배들과 함께 힘을 모아 목소리를 내면 어떨까 싶다.

🌱 정의…… 참 어려운 과제!

우리는 아이가 어린 시절에 정의로운 사상이 이기는 것을 수없이
체험하도록 하고, 자기가 이룬 승리에 참가한 사람이란 느낌을
갖게 해야 한다. 아이의 사상과 마음이 그릇된 사실과 만났을
때 무관심한 태도를 가지지 않도록 깊은 주의를 기울여야
한다. 이것은 도덕적 발전 면에서 한층 더 높은 단계로 오르는
과정이다.

— 『선생님들께 드리는 100가지 제안』, 바실리 알렉산드로비치 수호믈린스키, 수호믈린스키교육
사상연구회 옮김, 고인돌, 2010

'어떻게 하면 우리 아이들에게 정의를 가르칠 수 있을까?' 교육을 고민하는 모든 교사들의 숙제다. 지식은 가르칠 수 있지만 정의는 가르칠 수 있는 것이 아니라 체험하도록 해야 한다는 말이 빛난다.

  정의로운 사상이 이기는 것을 체험하도록 한다는 것은 어떤 의미일까. 학교 안팎에서 벌어지는 무수한 사건 사고, 그리고 사회와 정치권에서 일어나는 일 속에서 정의가 승리하는 모습을 보여주는 게 결코 쉬운 일은 아니다.

  얼마 전 〈흥사단 투명사회운동본부 윤리연구센터〉가 성인들을 대상으로 윤리의식을 파악한 '정직 지수 조사 결과'를 공개했다.(한국 NGO신문, 2014년 12월 7일)

  조사 결과에 따르면 청소년의 33%가 '10억이 생긴다면 잘못을 하고 1년 정도 감옥에 들어가도 괜찮다.'고 응답했다. 20대는 44.7%, 30대는 43%, 40대는 36.1%, 50대 이상은 32.5%가 같은 답변을 했다고 한다. 그나마 다행스러운 것은 같은 질문에 대해 2013년도에는 고등학생의 47%가 '괜찮다'고 답변했었다는 사실이다.

  누구보다 정의로움을 앞세워야 할 학생들이 돈 중심의 사회 단면을 그대로 체득하고 있는 것은 아닌지 걱정스럽고 안타깝다.

미래에 저당 잡힌 시간들

어린이는 내일의 희망으로 존재하는 것이 아니라 지금, 여기
이미 존재합니다. 어린이는 미래를 살 사람이 아니라 오늘을 사는
사람입니다. 어린이를 대할 때는 진지하게, 부드러움과 존경을
담아야 합니다.

— 『야누슈 코르착의 아이들』, 야누슈 코르착, 노영희 옮김, 양철북, 2002

"6학년 목숨 걸고 공부하는 기간". 학업성취도 평가라는 일제고사가 기승을 부릴 때 어느 초등학교 교문에 붙었던 현수막 글귀다. 표집으로 이루어지던 학업성취도 평가가 전집으로 바뀌고, 시험 결과를 시·군 단위로 공개하면서 빌어진 일이다. 이 기간에 아이들은 목적이 아니라 수단으로 전락하고 만다.

이럴 때 어른들은 흔히 '너희들의 미래를 위해'라는 그럴싸한 명분을 댄다. 하지만 어린이뿐만이 아니라 모든 인간은 미래를 사는 것이 아니라 현재를 산다. 그럼에도 우리는 유독 어린이에게만은 미래의 희망을 강조하며 오늘의 고통을 감내하라고 설득한다.

모두가 알다시피 행복은 시간과 마찬가지로 저축할 수 있는 것이 아니다. 아이들에게는 순간순간이 의미 있는 시간이며, 아무것도 하지 않고 가만히 있는 시간에도 아이들은 성장한다.

야누슈 코르착은 같은 책에서 "아이가 칠판을 바라볼 때 더 많이 배우는지, 창밖을 바라볼 때 더 많이 배우는지는 누구도 알 수 없다."고 했다. 아이를 진심으로 존중하는 사람만이 할 수 있는 말이다.

강원도에도 이렇게 말하는 교사들이 하나둘 늘고 있으니 참 기쁜 일이다.

바로 이곳이 세상의 중심이야

바람 한 점 없는 날에 보는 이도 없는 날에
푸른 산 뻐꾸기 울고 감꽃 하나 떨어진다.
감꽃만 떨어져 누워도 온 세상은 환하다.

울고 있는 뻐꾸기에게 누워 있는 감꽃에게
이 세상 한복판이 어디냐고 물었더니
여기가 그 자리라며 감꽃 둘레 환하다.

— 「감꽃」, 『사비약 사비약 사비약눈』, 정완영, 문학동네, 2011

옛날 사람들은 지구가 입체도형인 구(球)가 아니라 평면이라 생각했다고 한다. 그 모양이 원을 닮았든 사각형을 닮았든 중심은 하나라고 생각했을 것이다.

이렇게 중심이 하나라는 생각은 자기 중심, 또는 큰 것을 높이 보는 사대(事大)로 흐르기 쉽다. 중심이 아니면 변두리라는 생각은 평면적인 생각이며, 중심으로 진출하려는 욕심은 전쟁으로 이어질 수밖에 없었을 것이다.

다행스럽게도 지구는 공처럼 둥글다. 그렇기 때문에 우리가 서있는 자리가 바로 지구의 중심이며 세상의 한복판이다. 중심은 하나가 아니라 인간의 수만큼 존재하기에 하나하나가 다 소중하다.

앞으로 새로운 것이 어떤 특정 분야에서 나올 일은 거의 없다. 지금은 귀퉁이 같지만 다른 분야 또는 지역과 만난다면 어느새 중심으로 바뀔 것이다. 이것이 다원화 사회에 필요한 새로운 인식이다.

감꽃이 떨어진 자리가 바로 세상의 한복판이라는 시인의 목소리가 자신이 서있는 자리를 하찮게 여기고 '중심'과 '큰 것'만 좇아가는 우리를 불러 세운다. 그러고는 이름 없이 가난하게 살아가는 모든 이들이 세상의 중심이 아니냐고 묻고 있다.

이제 날마다 아이들을 만나는 우리가 답할 차례다.

🌱 주인공은 누구

아기들 몇이 울고 있는데 불편하기 때문이거나 배가 고프기
때문일 것입니다. 애들이 만약 배가 고프면 어머니들은
아이들에게 먹을 것을 좀 주십시오. 그들이 이 행사의 중심이고
주인공입니다.

— 프란치스코 교황

한국천주교 주교회의는 올해 천주교계에서 가장 관심을 많이 받은 낱말이 '프란치스코 교황'과 '세월호'였다고 밝혔다.

　교황의 우리나라 방문은 1989년 요한 바오로 2세 이후 25년 만이다. 프란치스코 교황은 방한 기간에 장애인, 북한이탈주민, 이주노동자 같은 사회의 약자를 만나 이들의 아픔을 어루만졌다. 그는 방문 기간 내내 가슴에 노란 리본을 달았으며 세월호 유가족을 네 차례나 만나 이들을 위로했다. 뿐만 아니라 명동성당에서는 '평화와 화해를 위한 미사'를 집전하며 남북한이 서로 진심 어린 대화로 평화와 화해에 나설 것을 주문하기도 했다.

　아이들이 왜 우는지 궁금해하는 어른들에게 미사보다 아이들을 달래는 것이 더 중요한 일임을 강조하는 일화에서 프란치스코 교황이 어떤 성품을 지녔는지 짐작할 수 있다.

　세례식의 주인공이 아기들이었다면, 학교의 주인공은 학생들이다. 첫 마음으로 다시 학교를 찾아 학생들을 만나려 한다. 이야기를 경청하는 데 집중하자는 각오도 한다. 인간의 만남이 이루어지는 교실을 그 어떤 곳보다 아름답고 평화롭게, 배움이 넘치는 곳으로 만들어가겠다는 약속을 한다.

나랏말쓰미 둥궉에 달아

말은 한 사람의 재산이다. "내가 아는 말의 수만큼 내가 있다."는
말이 있다. 한 사람이 보여주는 말의 발달은 그 사람의 지적인
발달을 비춰주는 거울이다. 나라말의 아름다움과 위대함, 힘과
표현력은 아이들의 감정과 생각을 빌딜시키는 수단으로서,
아이들에게 커다란 영향을 미친다. 특히 주변 세계에서 만나는
모든 새로운 현상들이 아이들에게 영향을 끼치는 초등학교에서는
나라말의 이런 구실을 아무리 강조해도 지나치지 않는다.

— 『아이들에게 온 마음을』, 바실리 알렉산드로비치 수호믈린스키, 수호믈린스키교육사상연구회
옮김, 고인돌, 2013

교육부는 제 568돌 한글날을 앞둔 9월 24일 교육과정 개편안을 발표하면서, 초등 교과서에 한자를 함께 적을 계획임을 밝혔다. 이에 한글문화연대와 한글학회 같은 56개 단체가 반대한다는 의견을 분명히 했다.

우리는 초등교육과정에 영어 교과를 들여오면서 겪었던 혼란을 아직도 기억하고 있다. 우리말과 글을 배우는 것도 힘겨운 나이에 영어 사교육 시장에 내몰린 아이들이 애처롭기까지 하다. 오죽하면 〈사교육걱정없는세상〉이라는 시민단체는 『아깝다! 영어 헛고생』이란 책까지 만들어 조기 영어교육의 폐해를 알리고 있을까.

발음 잘못했다고 외국에서 오렌지를 못 사 먹을 일이 없듯이, '학교'라는 낱말이 '學校'라는 한자어로 되어있다는 것을 알아야 할 까닭이 있을까. 한글로 이미 개념화가 된 낱말을 한자와 함께 쓴다고 학생들의 어휘력이 늘 것이라는 생각은 모국어에 대한 모독이다.

어린이에게 한자라는 무거운 짐을 지우는 것은 한글전용의 대세를 거스르는 일이다. 초등학교만이라도 우리말이 지닌 아름다움과 위대함을 온전히 느낄 수 있도록 교육과정을 구성하길 진심으로 바란다.

1등도 안심할 수 없는 나라

우리 교육은 능동성을 기대할 수 없음은 물론이고 자기 적성을
찾을 수도 없다. 설령 찾았다고 해도 모든 과목에서 1등을 해야
하므로 자기 적성과 관련된 과목에 집중할 수 없다. '선택과
집중'이 불가능하다.

— 『생각의 좌표』, 홍세화, 한겨례출판, 2009년

고등학생이 학교에서 공부하는 시간이 15시간 정도, 아침 8시 20분까지 학교에 가 밤 11시가 넘어서야 집에 온다. 씻고 자면 좋겠지만 자정을 넘기기 일쑤다.

새벽까지 불을 켜놓고 공부하는 고등학교의 모습이 우리에게는 익숙하지만 외국인들의 눈에는 도무지 이해할 수 없는 풍경이라고 한다.

2014학년도 대학수학능력시험에서 유일하게 자연계 만점을 받은 학생이 서울대 의대 정시에서 떨어졌다. 이 학생은 앞선 고려대 의대 수시모집에서도 불합격한 바 있다. 그야말로 1등도 안심할 수 없는 나라다.

전국 1등을 해도 마음을 놓을 수 없는 입시구조 때문에 학생들은 자신이 특별히 좋아하는 교과나 활동에만 집중해선 안 된다. 적성에도 맞지 않는 교과에도 시간을 쏟아야만 한다.

단언컨대 나는 수학 100점과 95점 사이의 학력 격차는 미미하다고 생각한다. 일정한 수준을 넘으면 폭넓은 독서를 하거나 자신의 적성에 맞는 취미 활동으로 삶의 깊이를 더해가는 교육은 불가능할까.

학생의 능동성이 발휘되는 선택과 집중. 우리가 꿈꾸며 가야 할 길이다.

🌱 보편적 복지

차를 빨리 몰 수 있는 것은 브레이크가 있기 때문이다.

브레이크가 없다면 아무리 능숙한 운전자라도 심각한 사고를

낼까 두려워 시속 40~50킬로미터 이상 속도를 내지 못할 것이다.

이와 마찬가지로 실업이 자기 인생을 망치지 않으리라는 것을

알면 사람들은 일자리를 잃고 새로운 기술을 습득하는 것을 훨씬

더 긍정적으로 받아들일 수 있다.

— 『그들이 말하지 않는 23가지』, 장하준, 부키, 2010

보편적 복지가 우리 사회의 주요한 관심사로 떠오르면서 국민들이 중앙정부와 지방정부, 시·도교육청의 예산 편성에 관심을 갖기 시작했다.

이는 무상급식과 무상보육 분야의 예산 편성 여부가 가정의 살림살이에 적지 않은 영향을 줄 뿐만 아니라 간접적인 임금 인상의 효과까지 가져오기 때문이다.

반면에 선택적 복지는 이해 당사자인 소수만 관심을 갖게 될 뿐이다. 더구나 이들은 복지를 당연한 권리로써 인정하기보다는 국가가 베푸는 시혜라는 생각으로 주눅이 들 수밖에 없다.

우리는 사회보장제도가 잘 갖춰진 나라를 꿈꾼다. 국가나 사회가 인간 최소한의 존엄성을 보장해주어야 한다고 보기 때문이다. 기업가들이 주장하는 노동시장의 유연성이 국민들의 폭넓은 동의를 얻으려면 주거, 교육, 의료만큼은 개인의 능력에 상관없이 보장되어야 한다. 그것이 선진사회의 일차 조건이다.

사업 실패와 실직이 인생의 실패로 이어지지 않아야 역동적인 사회가 될 수 있다. 청소년들이 안정적인 직업이 아니라 진취적인 분야에 도전하길 바란다면, 실패를 두려워 않는 도전 정신을 갖기를 바란다면, 무엇보다 먼저 보편적 복지가 정착되어야 한다. 우리 사회의 브레이크 역할을 복지가 담당해야 한다.

무상급식 대상에 대한 논란

한국의 좌파와 우파 모두 복지 포퓰리즘이 있다. 좌파는
편의상이라도 '무상', '공짜'라는 표현을 쓰면 안 된다. 가난한
사람도 세금 다 내는데 그게 무상이냐. 우파는 '부자 복지'라는
말을 해서도 안 된다. 부자는 세금을 많이 낸 만큼 사회 복지
혜택을 받는 것이 당연하다. 양쪽 다 유리한 고지를 점하기 위해
논리를 왜곡하는 거다.

— 장하준, 2012년 3월 19일 기자간담회 자리에서

'전기세가 맞을까, 전기요금이 맞을까?' 어르신들 대부분은 아직도 '전기세', '물세'라고 말한다. 세금이 아닌데도 준조세로 생각하는 문화가 있다는 반증이다. 그런 의미가 아니라도 대한민국 사람 중에 세금을 안 내는 사람은 없다. 물론 통계에 따르면 근로소득자의 50% 가까이는 면세점 이하라고 한다. 그렇다고 면세점 아래에 있는 노동자들이 세금을 안 낸다고 생각하면 안 된다. 우리가 소비하는 대부분 공산품 가격에는 10%의 부가가치세가 포함되어있다. 뿐만 아니라 휘발유와 술, 담뱃값에는 제품 원가의 두 배가 넘는 세금이 들어가 있다. 다시 말해 갓 태어난 아기 때부터 죽는 순간까지 우리는 세금을 내고 산다. 더구나 재벌 2세나 기초생활 수급자 모두 간접세는 누구나 같이 낸다.

초등학교와 중학교 교육은 모두에게 무상으로 제공하고 있는데 이것이 보편적 복지다. 아름다운 바다 길을 낀 7번 국도를 누구나 무상으로 달리듯이.

그런 의미에서 국민의 세금으로 운영하는 무상급식은 공짜가 아니라는 논리는 맞다. 아울러, 상대적으로 더 많은 세금을 내는 중산층 이상도 복지의 대상이어야 한다는 주장도 옳다. 부자들에게 급식을 지원하는 것을 반대할 것이 아니라 그들에게 세금을 조금 더 내자고 제안하는 것이 최선의 방법이 아닐까?

느림의 미학

인간이 성공적인 진화를 이루고 지금까지도 그 종을 유지하도록
만든 여러 원인의 한가운데는 바로 인간이 매우 느린 속도로
성장한다는 사실이 자리 잡고 있다. 인간이 다른 동물들과
마찬가지로 빠르게 성장했다면, 아마도 지금까지 원숭이처럼
나무를 타고 다니며 살 것이다.

— 『아이들은 왜 느리게 자랄까?』 데이비드 F. 비요크런드, 최원석 옮김, 알마, 2010

인간의 느린 성장을 이토록 옹호하는 책을 아직 보지 못했다. 인간이 누리고 있는 문명의 대부분이 유아기와 아동기 덕분이라는 주장인데, 귀 담아 들을 만하다.

야생의 모습을 그대로 보여주는 텔레비전 프로그램《동물의 왕국》을 보면 새끼들의 경우에는 태어나자마자 뛰어다니는 초식동물이 훨씬 우월해 보인다. 초식동물 사이를 헤집고 다니는 상위 포식자일수록 어미가 새끼를 돌보는 기간이 길다. 밀림의 제왕이라는 사자는 수명이 15년 정도인데 새끼들은 두 살이 되기 전에 독립한다.

인간은 어떨까. 수명을 80살로 보고 25살에 독립한다고 가정했을 경우, 약 1/3의 삶을 부모에게 의탁하는 무능하기 짝이 없는 존재다.

그럼에도 "우리 인류는 '호모사피엔스'라기보다 '호모유베날리스(Homo Juvenalis)'*라고 명명하는 것이 더 옳아 보인다."는 저자의 지적과 '느린 성장이야말로 유연한 행동과 지능, 높은 학습 능력 등 인간의 진화과정에서 매우 중요한 역할을 해냈다.'는 말은 교육을 고민하는 모든 이들에게 새로운 관점을 제시한다.

느리게, 조금만 더 느리게 우리를 바라보자.

---

* 오늘날 인류를 있게 한 것이 미성숙함과 긴 어린 시절이라는 점을 강조하고자 비요크런드가 만들어 쓴 용어

다문화, 그 조심스러운 말

한국의 다문화 가정은 다문화적 상황과 유교 전통에 입각한
가부장적 의식이 다층적으로 복잡하게 얽혀있어 진정한
다문화주의의 의미를 지니지는 못하고 있다. 다문화 가정에서
빈번하게 일어나는 폭력 문제는 한국이 다문화주의의 영향 아래
놓여있다는 현실과 동시에 한국 사회가 얼마나 혈통을 중시하고
단일문화를 강조하는지를 보여주는 실례이다.

— 『인간을 이해하는 아홉 가지 단어』, 한국철학사상연구회, 동녘, 2010

특수교육이란 말이 장애와 비장애를 구분하는 언어로 작용하는 순간 통합교육의 효과가 반감한다. 마찬가지로 다문화라는 말도 이주한 외국노동자를 구분하는 뜻으로 쓰이면서 관련 정책들이 힘을 잃고 있다.

무엇보다 안타까운 것은 다문화 가정이 우리나라 저소득층의 중심이 되고 있으며, 더구나 미국이나 유럽과 구분되는 동남아 이주노동자나 이들의 가정을 가리키는 차별을 담은 언어로 자리 잡고 있다는 것이다.

언론에 따르면 2014년 우리나라 초·중·고교 학생 가운데 다문화가정 학생 비율이 처음으로 1%를 넘었다고 한다. 한 사회의 성숙도는 소수자에 대한 수용성과 관련이 깊다. 그런 점에서 다문화 정책이 여전히 시혜와 선심성 행정에 머물고 있는 것은 아닌지 돌아봐야 한다.

가수 인순이 씨는 한 라디오 프로그램에서 '한동안 다문화 가정이란 말이 듣기 싫었다.'고 털어놓았다. 그리고 다문화 가정 아이들의 고등학교 졸업률이 낮은 것도 어쩌면 이런 보이지 않는 차별 때문인가 싶어 강원도 홍천에 이들을 위한 해밀학교를 설립했다고 한다.

다문화, 이 말은 우리와 남을 구분하기 위해서가 아니라 좀 더 큰 '우리'를 만드는 일에 붙여져야 한다.

❦ 건강 수명

"늙는 것을 한탄하지 마라. 수많은 사람들은 그 특권조차 누리지
못한다." 병을 안고 그저 오래 살기만 한다고 좋을 리 없다. '건강
악화와 수명 연장을 바꾼 거래'는 결코 현명해 보이지 않는다.
우리가 진정으로 추구해야 하는 것은 단순한 수명 연장이 아니라
'성공적인 노화'이다. 이른바 건강 수명을 늘려야 한다. 80세든
150세든 살아있는 동안에는 질병이나 노쇠에 시달리지 않고
정력적으로 살다가 어느 날, 별 고통 없이 훌쩍 떠날 수 있으면
얼마나 좋을까. 그날 아침에는 마지막으로 화끈한 섹스도 한 번
즐기고 말이다.

— 『통섭의 식탁』, 최재천, 명진출판, 2011

'100세 시대, 축복일까 재앙일까?' 늘어난 삶의 양만큼 질도 괜찮을까? '100세 시대'라는 말을 듣고 가슴이 덜컹 내려앉는 사람은 축복이 아니라 재앙이라 여기는 사람일 것이다.

2014년 연말, 공무원 연금 개정 문제로 공직사회에 불화의 회오리가 불고 있다. 도교육청만 해도 명예퇴직 신청자들이 지난해의 두 배를 넘어섰다. 연금이 유일한 노후대책인 교직원들의 분노를 이해한다. 이해 당사자가 동의하기 어려운 연금법을 섣부르게 도입하려 한다면 큰 혼란에 빠질 수밖에 없다. 서두르지 말고 국민적 합의를 이뤄가야 부작용을 최소로 줄일 수 있을 것이다.

노후에 무엇보다 필요한 것이 있다면 '돈'과 '건강'일 텐데, 서민들에겐 어느 것 하나 자신할 수 있는 것이 없다.

현재 대한민국 여성들의 평균수명이 85세라고 한다. 과연 우리는 자기 손으로 밥을 지어 먹고, 친구와 산책을 하는 편안한 노후를 준비하고 있을까.

나는 결코 건강과 수명 연장을 바꾸고 싶지는 않다.

지금보다 조금 더 정력적으로 살다가 어느 날 문득 천상병 시인이 노래했듯이 '소풍' 가듯이 훌쩍 떠났으면 좋겠다.

한 살 더 먹을 때마다 해보는 생각이다.

마린을 찾아서

우리는 쿠키처럼 파삭거렸다. 아몬드처럼 고소해졌다.
애플파이처럼 엉겨서 새콤달콤헀다. 잼과 꿀을 발라 먹는
식빵처럼 부드러운 여름날이었다. 치즈 같은 시간이었다. 마가린
같은 한낮이었다. 생크림 같은 강물이었다. 호두 같은 햇볕이었다.
초콜릿 같은 바람이었다. 거품기에 묻혀 올라온 달걀 흰자처럼
구름이 흘렀다.

— 『마린을 찾아서』, 유용주, 한겨레출판, 2001

2000년대 초반, 독서교육이 강조되면서 성장 소설 추천 도서목록이 발표되었는데, 주로 영미권의 서양 고전이었다. 『호밀밭의 파수꾼』, 『제인에어』, 『앵무새 죽이기』 등이 그것들이었다. 《한겨레신문》에 연재되던 '유용주의 노동일기'를 찾아 읽는 재미가 쏠쏠하던 때다. 나중에 『마린을 찾아서』라는 제목으로 출간된 장편소설로 다시 읽었는데, 나는 단정 지었다. 이 책이야말로 청소년의 성장 소설 추천 목록 1순위가 되어야 한다고.

소설이라 했지만 주인공 이름이 '용주'인 것으로 미루어 이 작품은 중국음식점 심부름꾼 노릇을 시작한 열네 살부터 술 도매상 배달부, 식당 청소부, 식료품 가게 종업원, 제과점 제빵사, 금은방 세공 노동자 등 노동으로 헤쳐나간 십대 후반 작가의 자전 기록임이 분명해 보인다.

인용한 부분은 각종 과자와 빵, 그리고 재료의 종류를 열거하며 빵 공장 야유회 때의 감흥을 표현한 대목이다. 말할 수 없이 궁핍한 생활을 하면서도 그는 두려움이 없었다. 학교가 절대로 가르칠 수 없는 것을 배우며 청소년기를 살았기 때문이다. 그가 일찍이 경험한, 어울려 살며 노동하는 '삶의 정면'을 이 땅의 젊은이들과 함께하고 싶다. 지금까지는 학교가 가르칠 수 없었던 것을 가르치면서.

나의 스승들

벼랑 끝으로 오라, 그가 말했다.

안 돼요. 무서워요. 그들이 말했다.

벼랑 끝으로 오라, 그가 말했다.

안 돼요. 떨어질 텐데요. 그들이 말했다.

벼랑 끝으로 오라, 그가 말했다.

그들이 왔다.

그는 그들을 떠밀었다. 그리고 그들은 날았다.

― 크리스토퍼 로그, 아폴리네르회고전 포스터(1961)에서

주민직선 교육감 1기를 시작할 때 한 선생님이 이 시와 함께 편지를 보내왔다. 그 편지를 꺼내보니, 앞부분에 대뜸 영어 원시가 적혀있고 "시 한 편 같이 감상하시지요."라고 덧붙여져있었다.

다행히 선생님은 한글로 번역해가며 이 시를 찬찬히 설명해주었다. 이 시의 마지막 행까지 따라 읽으며 나는 마침내 무릎을 탁 쳤다. 전율(戰慄)이랄까. 감동이 온몸을 감돌았다. 곧이어 만족스러운 탄식이 터졌다.

편지를 쓴 선생님은 교육감을 '그', 학생들을 '그들'에 대입해 설명하면서 이렇게 마무리 지었다.

"저는 희망합니다 / 부디, '그'가 지치지 않기를, '그들'에 대한 '그'의 사랑이 식지 않기를 / 그래서 '그'와 '그들', 우리 모두가 행복한 배움과 가르침의 날개를 달게 되기를 / 마침내 날 수 있게 되기를 / '그'가 우리에게 행복을 가져다준, 행복을 가져다주는, 행복을 가져다줄 사람으로 우리 모두와 함께 있게 되기를."

도처에 나의 스승이 많아서 이렇게 배우고 또 깨닫는다.

🌱 최상의 사람

최상의 사람들은 확신이 없고
최악의 무리들만 열정에 빠져 광분한다.

— 『예이츠 시의 이해』, 이창배, 문학과지성사, 1997

업무 처리 스타일을 나누는 기준 가운데, '똑게, 똑부, 무게, 무부'라는 말이 유행한 적이 있다. 이 글을 쓰기 위해 인터넷을 검색해보니, 너무도 조촐하게 몇 개만 뜬다. '유행'까지는 아니었는데 나만 유독 이 말을 기억하고 있었나 보다.

'똑'은 똑똑하다, '게'는 게으르다, '부'는 부지런하다, '무'는 무식하다를 줄인 말이다. 어떤가, 들어본 적이 있지 않으신가. 또 어떻게 생각하는가, 어떤 스타일의 사람과 일하고 싶은가. 아마 제일 무서운 상사는 '무부'가 아닐까. 무식한데 '너무' 부지런한 사람.

홍세화 선생은 『생각의 좌표』라는 책에서 볼테르의 경구를 인용하며 "광신자들이 열성을 부리는 것도 수치스러운 일이지만, 지혜를 가진 사람이 열의를 보이지 않는 것 또한 수치스러운 일이다. 신중해야 하지만 소극적이어선 안 된다."고 성토한 바 있다.

나는 '똑게'가 참 밉기도 했다. 정의와 상식에 중립을 내세우며 발뺌하는 사람들.

달리는 기차에 중립은 없다지 않던가. 중립만을 외치는 것은 무지와 무관심의 다른 표현일 뿐이라는 게 내 생각이다.

그대에게는 누가, 어떤 모습의 상사가 떠오르는가.

✤ 사진

빛이 무언가를 비추고, 그 무언가가 받은 빛을 되쏘고 그리하여
그 빛이 다시 스스로에게 돌아가는 것. 그런 빛의 순환을
기록하는 것, 어쩌면 그것이야말로 카메라가 이 세계에 존재하는
이유일지 모른다.

— 『김영하의 여행자 — 하이델베르크』, 김영하, 아트북스, 2007

나는 사진을 찍는 것도 좋고 남들이 찍은 사진을 보는 것도 좋아한다. 사진작가로 데뷔한 적은 없지만 군대에서 명색이 사진병이었다.

사진의 매력에 빠져들게 된 결정적 계기는 오랜 해식기간을 보내고 춘천 소양중학교로 복직하면서부터다. 봉의여중에 근무할 때는 3년 동안 졸업생들의 앨범을 만들어주었다. 이때부터는 주로 인물 사진을 찍었다. 뷰파인더로 보면 아이들의 마음이 보이는 것 같았다. 아내 얼굴을 정면에서 똑바로 바라볼 수 있게 된 것도 사진을 찍으면서부터다.

카메라와 피사체가 주고받는 빛으로 의미 있는 사진이 만들어지듯이, 아이들은 교사와 눈빛을 주고받으며 성장해간다. 아이가 호기심 가득한 얼굴을 교사에게 비추면 교사는 아이에게 받은 그 빛을 되쏘고, 그리하여 그 빛이 다시 아이에게로 가 얼굴색을 바꾸게 하는 것. 그런 얼굴빛의 순환, 얼굴을 마주한 아이와 선생님의 하루하루를 기록하는 것, 이게 교육 아닐까. 이처럼 가르치고 배우는 것, 어쩌면 이것이야말로 교사가 이 세계에 존재하는 이유일지 모른다.

지금도 나는 교육청으로 전입하는 직원들의 인물 사진은 직접 찍어준다. 교육감 생활 중에 사진집 하나쯤 내는 꿈, 강원도 곳곳의 풍경과 사람들의 빛을 사진에 담아내는 꿈, 여간 즐겁지 않다.

교육 신화가 넘치는 사회

한국에서 대학입학제도 변경의 역사는 기득권의 입장에서 보면 실패한 적이 없다. 입학제도 변경의 결과 대학의 서열체제는 더욱 공고해지고, 학벌사회는 구축되고, 사교육 불평등은 심화되고, 학교교육은 더욱 대학입시에 종속되고 있기 때문이다. 즉 제도 변경을 통해 일부는 원하는 목적을 아무런 갈등이나 저항 없이 성공적으로 충분히 이루고 있다.

— 『한국사회 교육신화 비판』, 이철호 외, 메이데이, 2007

사람이 하는 일 즉 인위적, 문화적, 이데올로기적, 역사적인 것 등을 자연적인 것, 원래부터 자명한 것, 당연한 것으로 고집하는 사람들이 있다. 주로 사회나 국가적으로 일정한 세력을 형성한 사람들이 그렇게 한다. 스스로 이데올로기에 사로잡혀 있으면서 이데올로기를 부정하는 것이 그들의 습성이기도 하다.

이렇게 현대사회의 다양한 현상이나 사건 그리고 거기에 내재된 숨은 의미를 신화(神話)라고 하는데 특히 한국 사회에서는 교육의 신화가 차고도 넘친다.

이 책은 우리가 상식이라고 하는 기존의 교육 담론에 물음표를 붙인다. 우리의 일상적 삶 속에서 일반화되고 있는 신화의 이데올로기를 들추어내어, 그 속에 은폐·조작된 부르주아 규범을 타개하는 전략을 꼼꼼하게 분석해내고 있다.

학교교육은 평등하고 중립적이다? 공교육이 부실해서 사교육이 번성한다? 대학입시제도를 바꾸면 교육 문제가 해결된다? 국가가 교육과정을 편성해야 한다? 사립학교는 재단법인의 사유재산이다? 교원을 평가해야 교육의 질이 높아진다? 등이 그것이다.

교사가 되고 나서는 '딱딱한 책'을 피해왔다는 자책이 드는 것도 사실이다. 한번 읽어볼 만한 책이다.

봄 뜰의 풀, 칼 가는 숫돌

하루 착한 일을 한다고 해서 복을 금방 받는 것은 아니지만
재앙은 저절로 멀어진다. 하루 나쁜 일을 한다고 해서 재앙을
금방 입는 것은 아니지만 복은 저절로 멀어진다. 착한 일을 하는
사람은 봄 뜰의 풀과 같아서 그 자라는 모습이 보이는 것은
아니지만 나날이 자라는 바 있으나 나쁜 일을 하는 사람은
칼 가는 숫돌과 같아서 그 닳아가는 것이 눈에 보이는 것은
아니지만 나날이 닳고 있는 것이다.

— 『명심보감』, 계선편 9

도가(道家) 사람들은 태산의 주신(主神)을 동악성제(東岳聖帝)라 부르며 제사 지냈는데 앞에 인용한 부분은 동악성제가 내린 가르침 가운데 하나다.

신문이나 방송을 보면 어떻게 저린 사람이 잘 먹고 잘사나, 권선징악은 그저 옛말일 뿐인가, 할 때가 있다. 그럴 때 나는 이 글귀를 생각한다.

'봄 뜰의 풀'과 '칼 가는 숫돌'의 이미지도 멋스럽다.

교육성과를 숫자로만 요구하는 사람들을 만날 때도 이 글귀를 떠올린다. 소설가이자 번역가였던 이윤기 선생은 이렇게 덧붙였다.

"하루 공부한다고 해서 현명함을 얻게 되는 것은 아니지만 무지에서는 멀어진다. 하루 나태하게 군다고 해서 무지해지는 것은 아니지만 현명함에서는 멀어진다. 공부하는 사람은 봄 뜰의 풀과 같아서 그 자라는 것이 눈에 보이는 것은 아니지만 나날이 자라는 바 있으나, 공부하지 않는 사람은 칼 가는 숫돌과 같아서 그 닳아가는 것이 눈에 보이는 것은 아니지만 사실은 나날이 닳고 있는 것이다."(『내려올 때 보았네』, 비채, 2007.)

교사는 봄 뜰일까, 풀일까? 칼일까, 숫돌일까?

🦋 교사의 역할

무위(無爲)의 방식으로 일하고 무언(無言)으로 가르쳐야 한다.

만물은 스스로 자라나는 법이며 간섭할 필요가 없다. 낳아

키웠더라도 자기 것으로 소유해서는 안 되며 자기가 했더라도

뽐내지 않으며 공을 세웠더라도 그 공로를 차지하지 않아야 한다.

무릇 공로에 집착하지 않음으로 그 공이 영원할 수 있다.

— 『도덕경』, 노자 2장 중에서

올슨은 『상처 주는 학교』라는 책에서 교육에 대해 다음과 같이 정의 내리고 있다.

"교육은 교사가 수행하는 활동이 아니라, 인간 내면에서 자발적으로 발달하는 자연스러운 과정이다. 아이는 다른 사람의 말을 들어서가 아니라 환경에 반응하는 경험을 통해 배운다. 교사의 임무는 말하는 것(가르치는 것)이 아니라 아이에게 맞는 특별한 환경에서 문화적 활동의 동기를 마련하고 베푸는 것이다."

아는 것과 실천의 간극을 좁히지 못하는 아둔함 때문에 남의 말처럼 인식될 뿐 우리가 다 알고 있는 내용이기도 하다.

노자는 『도덕경』에서 '불거불거(弗居弗去)'라 하여 '이미 이룬 공에 집착하면 그 공은 곧 사라져버려 영원할 수 없다.'고 했다.

성장은 이루어낸 어떤 상태가 아니라 끊임없이 도달해가는 과정이다. 따라서 교사에게는 그 과정을 안내하고 방향을 제시하는 역할이 필요하다. 아니 거기에 절대적으로 충실해야 한다. 그런데 어떤가. 아이의 성장을 교사의 성과로 단정하여 이를 평가하고 상여금을 지급하는 우리의 현실은……. 참 철학 없는 일이다.

🌱 사랑의 깊이

오늘 안동에서 보내온 과거시험 합격자 명단을 보고 너희들이 합격했음을 알게 되었다. 요행임을 알면서도 너무나 기뻐서 어찌할 바를 몰랐다.

— 『안도에게 보낸다』, 이황, 정석태 옮김, 들녘, 2005

퇴계 이황이 1561년 8월 소과(小科)에 합격한 손자 안도(李安道, 1541~1584)에게 보낸 축하 편지의 일부이다. 손자의 과거 합격을 기뻐하는 할아버지의 진술한 심정을 드러냄과 동시에 자칫 기고만장해질 것을 염려하여 쓴 편지다. 안도는 퇴계가 66세이던 1566년 10월 초 서울에 가서 과거를 치렀다. 퇴계는 이내 편지를 쓴다.

'서울에서 멀리 떨어진 곳이라 아직도 합격자 명단을 보지 못하고 있다. 누가 합격하고 누가 낙방하였느냐?'

며칠 뒤, 10월 23일 퇴계는 손자가 낙방한 것을 알고 다시 편지를 쓴다.

'애초에 네가 높은 점수를 받는다면 요행이라 여겼으니 이제 또 무슨 아쉬움이 있겠느냐.'

퇴계는 손자의 낙방 답안지를 구해서 검토한 뒤 이듬해 4월 또 편지를 부쳤다.

'네가 과거에 응시해서 제출한 글을 보니 위쪽 4행과 5행은 의미가 너무도 보잘 것 없구나. 그래서 등수에 들지 못한 것이다.'

이렇게 16년 동안 손자에게 보낸 편지는 모두 125통이나 된다.

이메일이나 문자메시지를 핑계로 편지를 써본 적이 언제인지 모르겠다. 그 대상이 손자든 학생들이든 너무 무심했다. 퇴계에게 '보수'의 진면목을 배운다.

✤ 매천 황현

벼슬을 하지 않은 포의(布衣)의 황현(黃玹)이 있다. 그는 유서에서
"내가 꼭 죽어야 할 이유가 있어서 죽는 것이 아니다."라며
"황은이 망극해서도 아니고, 누가 시켜서 그런 것도 아니지만
500년 선비를 키운 나라에서 나라가 망하는 날에 죽는 사람이
하나 없다면 어찌 통탄할 노릇이 아니겠냐."며 치사량의 아편을
먹었다.

—『대한민국사1』, 한홍구, 한겨레출판, 2003

뒤로 제껴 쓴 정자관 때문에 이마가 훨씬 넓어 보이는 사람. 동그란 안경은 귓바퀴가 아닌 관자놀이 위쪽으로 곧추세워져 있고, 사진 속의 눈마저 맞추기가 쉽지 않은 사팔뜨기의 남자 황현.

"가을 등불 아래 책을 덮고 옛일을 생각하니, 지식인 됨이 참으로 어려운 일이로다.", "죽는 것도 쉽지 않아. 내가 약을 마시려다가 입에서 약사발을 세 번이나 떼었어. 내가 그처럼 어리석다네."

절명시(絕命詩)의 한 구절과 약 기운이 퍼질 무렵, 급히 달려온 동생에게 웃으며 남긴 말이 이렇다.

한때 나는 이렇게 생각했다. 목숨까지 끊는 마당에 좀 그럴듯한 명분을 내세울 수도 있지 않은가. 가령 나라와 미래, 주권과 정의, 양심과 역사 같은 말 몇 마디 쏟아놓으면 더 장엄하지 않을까 하는. 그런데 한홍구 교수는 이런 아쉬움이 한낱 어리석음일 뿐이라는 깨달음에 이르게 한다. 저자는 황현을 구한말의 손꼽히는 보수주의자로 들면서, '뿌리 없는 것에 대한 깊은 혐오를 특징으로 하는 전통주의자'라고 말한다. 그러면서 일제가 우리에게 남긴 해악 중 하나가 진정한 보수의 소멸이라 이야기한다.

정녕 이 땅의 보수주의자는 그와 함께 절명한 것인가. '십상시' 말고, 황현 같은 이가 그립다.

❀ 서준식

부모는 다 큰 자식들로부터 많은 것을 배우게 마련이다. 책을
펴놓고 마주앉아서 배우는 것이 아니라, 잡담을 나누면서,
자식이 즐겨보는 비교적 저속하지 않고 유익한 티브이 프로를
함께 보면서, 자식의 고상한 옷차림에서, 자식이 흥얼거리는
아름다운 노랫가락에서, 자식의 행동거지나 표정이나 심지어는
눈빛에서까지도 부모는 자식으로부터 배운다. 부모로부터
배우기만 하고 부모에게 드릴 것이 아무것도 없는 자식은
불효자식이다. 훌륭한 인격에서 배어나오는 향기를 몸에 휘감지
못하고, 지성의 아름다움도 없이, 전자제품 이야기, 레저 바캉스
이야기, 프로야구 이야기, 영화배우나 탤런트, 가수 이야기,
시시껄렁한 일상생활의 이야기밖에 못하는 자식으로부터 평생
동안 먹고사는 일에 시달려온 부모들은 도대체 무엇을 배울 수
있단 말인가? 아무리 가난하다 해도, 부모가 험하게 늙어가는
데는 자식 책임도 없다고 할 수 없는 것이다.

— 『서준식 옥중서한: 1971~1988』, 서준식, 야간비행, 2002.

총 831쪽에 이르는 이 두툼한 책은 1972년 5월 12일에 여동생 영실에게 보낸 편지부터 "술맛을 본 지가 17년이나 되다니! 오늘 같은 날, 한번 대취해봤으면……."으로 시작하는 1988년 5월 2일 편지까지를 묶었다. 자그마치 17년! 1971년 24살 나이에, 이른바 '유학생 간첩단' 사건으로 체포되어 7년형을 선고받고, 형기를 마친 뒤엔 전향을 거부했다는 이유로 다시 10년 동안 보안감호처분을 받아 옥에 갇혔다가 1988년 5월, 비전향 좌익수로는 처음으로 석방되기까지의 시간, 이게 17년이다.

이 책은 월드컵 축구 열기로 뜨거웠던 2002년 8월 6일에 1쇄가 나왔다. 이 책이 '많이'는 아니더라도 '어느 정도'는 팔려, 여러 사람에게 읽혔으면 좋겠다 생각했다. 서준식의 다음 말이 처연하다.

"처음 김규항 씨로부터 '옥중서간집'의 발간을 제안받았을 때 나는 솔직히 기뻤다기보다는 걱정스럽고 불안했다. 하나는 김규항 씨를 위한 걱정, 즉 '출판사도 장산데, 김규항, 이 사람 망하려고 환장했나?' 였다."

책은 얼마나 팔렸을까.

'망하려고 환장'한 사람들이야말로 역사의 노둣돌을 놓는 사람들 아닐까. 그의 17년, 지금 이 나라 민주주의 한 귀퉁이를 받치고 있음을 기억해야 한다.

🌱 내 무거운 책가방

난 나의 죽음이 결코 남에게

슬픔만 주리라고 생각지 않는다.

그것만 주는 헛된 것이라면,

난 가지 않을 거야.

비록 겉으로는 슬픔을 줄지는 몰라도,

난 그것보다 더 큰 것을 줄 자신을 가지고

그것을 신에게 기도한다.

−1986년 1월 15일 새벽에

− 「O양의 유서·H에게」 중에서, 『내 무거운 책가방』, 조재도·최성수 엮음, 실천문학사

이 시집, 『내 무거운 책가방』이라는, 폭력과 착취의 한국적 민주주의, 억압과 기만의 반교육이 마지막 발광을 하던 1987년 4월 30일에 발행된, 두세 달 후 87년 대투쟁을 이끌어 낸, 생각만 해도 가슴이 후끈 달아오르는 책. 이 시집엔 학생, 학부모, 전·현직 교사 43인이 분단 이데올로기와 통일 문제, 민족·민주주의 문제, 노동자·농민·도시빈민·중산층 학생에게서 찾아낸 교육 문제와 지식인 노동자로서 교사가 학교 안에서 겪는 갈등을 다룬 교육 시 65편이 실려있다. 87년 4월의 분위기에 이런 시집을 묶는 깃 자체가 상상을 뛰어넘는 위험을 감수해야 했다. 그렇다, '결단'을 해야만 했던 시절이었다. 제 돈 내고 사서 읽는 일마저도 감시와 경원의 대상이 되던 시절 아니었던가.

이 시집 138쪽에는 당시 열다섯 살의 ㅅ사범대학부설중학교 3학년이던 'O양의 유서'라는 시가 나온다. 이 시가 끝나는 144쪽 맨 밑줄에는 '1986년 1월 15일 새벽에'라는 시간이 적혀있다. 열여섯 난 한 학생이, 이제 곧 꿈 많은 여고시절을 시작해야 할 학생이 무모하게, 정말로 무모하게 죽음을 생각하며 유서를 쓰기 시작해서, 유서는 하룻밤을 넘겨가며 씌어졌다. 그리고 그 학생은 곧 목숨을 끊었다. 과거의 일이 아니다. 지금도 숱한 O양이 있다. 아이들의 죽음, 우리들의 책무 아니겠는가.

죽은 시인의 사회

내가 바라는 것은 여러분이 스스로 생각하고, 주체적으로
판단하고, 그에 따라 자신 있게 행동하고 말하는 것이 얼마나
아름답고 소중한 것인지를 깨닫게 하는 것이다. 자기 자신의 말과
행동, 내 스스로 내린 판단과 결정을 진정 사랑하는 사람이 되길
바란다. 누가 어떻게 지껄이건 말과 생각은 이 세계를 바꿀 만한
힘이 들어있기 때문이다.

— 『죽은 시인의 사회』, N.H 클라인바움, 한은주 옮김, 서교출판사, 2004

　　　　　1989년 5월, 이른바 '거리의 교사'가 된 후 한 편의 영화를 만났다. 춘천 육림극장이었는지 소양극장이었는지 아니면 학교 방문 중의 강릉 신영극장이었는지…….

　키팅의 아이들이 "캡틴, 마이 캡틴!"을 외치며 책상에 올라설 때 나는 더 이상 영화를 계속 볼 수가 없었다. 쫓겨나는 내 등 뒤, 유리창에 다닥다닥 붙어 서서 울고 소리치던 아이들이 거기 책상 위에 있었던 것이다.

　"선, 생, 님! 왜 선생님이 가세요?"

　일곱 명 아이들이 창문 하나씩에 들고 섰던 '선 생 님 사 랑 해 요' 일곱 글자. 아이들이 날린 종이비행기는 잠깐 날다 이내 먼지 이는 운동장으로 떨어졌다. 눈물이 흘러내리고 마침내 온몸이 가라앉는 것 같았다. 운동장을 가로질러 나오던 길, 억겁처럼 길고도 무겁고 슬펐다.

　나는 왜 저 아이들을 떠나야 되나. '누구나 몰려가는 줄에 설 필요 없이 그 누구도 아닌 자기 걸음을 걸으라, 끊임없이 사물을 다른 각도에서 보아야 한다는 걸 잊지 말라.'고 했을 뿐인데. 너희들만 하지 말고 나도 함께 하겠다는 약속을 주었을 뿐인데…….

　남아있는 내 삶에 다시 그와 유사한 '시험'이 온다면 나는 피하게 될까? 상처는 아무는 게 아니라 잊혀지는 거라는데 아직, 너무, 생생하다.

　그립다, 그때의 아이들아…….

우리 탓이어야 한다

여럿이 윤리적인 무관심으로 해서 정의가 밟히는 일이 있어서는
안 될 거야. 걸인 한 사람이 이 겨울에 얼어 죽어도 그것은 우리의
탓이어야 한다. 너는 저 깊고 수많은 안방들 속의 사생활 뒤에
음울하게 숨어있는 우리를 상상해보고 있을지도 모르겠구나.
생활에서 오는 피로의 일반화 때문인지, 저녁의 이 도시엔 쓸쓸한
찬바람만이 지나간다. 그이가 봄과 함께 오셨으면 좋겠다.

— 「아우를 위하여」, 황석영

주민직선 2기를 시작하면서 나는 '모든 아이들이 최고의 교육환경에서 저마다의 꿈을 키우며 즐겁게 수업에 참여하는 선진국형 교실복지를 실현해 나가겠다.'고 약속했다. 그리고 이러한 강원교육의 현재가 대한민국 교육의 미래가 될 것이라고 감히 천명했다. 아울러 '모든 정책과 열정을 가르침과 배움이 만나는 교실에 맞추어 학생들이 스스로 생각하고, 남과 더불어 협력하는 삶을 배울 수 있도록 질문이 있는 교실, 우정이 있는 학교를 만들겠다.'는 약속도 했다. 무엇보다 '안전하고 행복한 교육 선진국'을 강조했다.

선거 이전부터 나의 화두는 우리 삶 전체를 되돌아보게 만든 4·16 세월호 참사였다. 4·16은 '있었던' 혹은 '지나간 일'로 덮어둘 수만은 없는 일대 사건이었다. 4·16은 우리 삶의 방식, 교육적 패러다임의 질적 변화와 전환을 촉구한다. 또한 4·16은 '걸인 한 사람이 이 겨울에 얼어 죽어도 그것은 우리의 탓이어야 한다.'는 연대의 정신을 곧추세우게 한다. 그 어떤 기획과 전망과 상상도 이들의 죽음 앞에서는 무망한 것임을 눈물로 호소한다. 세월호 참사를 '교통사고'쯤으로 폄훼하는 한 아무리 환한 장밋빛 전망도 사상누각에 불과할 것이라는 경고다.

아직 아홉 사람이 물속에 있다. 우리 가슴에 새겨야 할 이 시대의 과제는 무엇일까.

🌱 변화

내가 젊고 자유로워서 무한한 상상력을 가졌을 때, 나는 세상을
변화시키겠다는 꿈을 가졌었다. 좀 더 나이가 들고 지혜를 얻었을
때 나는 세상이 변하지 않으리라는 걸 알았다. 그래서 나는 내가
살고 있는 나라를 변화시키겠다고 결심했다. 그러나 그것 역시
불가능한 일이었다. 황혼의 나이가 되었을 때는 마지막 시도로,
가장 가까운 내 가족을 변화시키겠다고 마음을 정했다. 그러나
아무도 달라지지 않았다. 이제 죽음을 맞이하는 자리에서 나는
깨닫는다. 만일 내가 내 자신을 먼저 변화시켰더라면, 그것을
보고 내 가족이 변화되었을 것을. 또한 그것에 용기를 얻어 내
나라를 더 좋은 곳으로 바꿀 수 있었을 것을. 누가 아는가, 그러면
세상까지도 변화되었을지!

— 웨스트민스터사원에 있는 어느 성공회 주교의 묘비명에서

거듭 읽어도 늘 새로운 느낌을 주는 글이다. 남들도 그런지 이곳저곳의 책이나 인터넷에 많이 인용되고 있다. 앞 글은 장영희의 『문학의 숲을 거닐다』에서 따왔다. 그런데 종이 책이든 컴퓨터 화면이든 출처는 모두 '웨스트민스터사원에 있는 어느 성공회 주교의 묘비명'이라고만 나와있다. '성공회를 사랑하는……'으로 시작하는 이름의 사이트도 마찬가지다. 이 글귀를 읽고 감동한 사람이 적지 않을 테고, 웨스터민스터사원에 다녀온 사람은 그보다 훨씬 많을 텐데 누구도 그걸 확인하지 않고, 그저 '어느' 성공회 주교의 묘비명이라고만 한다.

이미 그 자체로도 쉽지 않은 변화인데, 변화가 일어나는 방향 설정이 거꾸로 되어있어 참다운 변화를 일으키지 못했던 것은 아닐까…….

교사 시절에도 미적분에 남달리 애착이 많았다. 미적분은 변화율과 변화된 결과를 측정하는 방법인데, 서로 역관계인 미분과 적분으로 나뉜다. 미분에 적분을 하면 처음의 식으로 돌아가고 그 반대의 결과도 같다는 것이 미적분의 기본 정리이다.

'성공회의 어느 주교'님은 미분하는 삶을 살다가 삶의 끝자락에서야 적분하는 삶이 옳지 않았겠나, 조심스럽게 의문을 제시한다. 다시 읽어도 뜨끔하게 하는 매력이 있다.

❧ 학교 혁신

혁명은 선험적으로 주어져있는, 도달해야 할 어떤 목표나 상태를
지향하는 것이 아니라 현재의 문제를 극복하는 끊임없는
운동이다.

— 『분노의 그림자』, 마르코스, 윤길순 옮김, 삼인, 1999

강원도형 혁신학교 명칭은 '강원행복더하기학교'다. 2011년 3월에 교원, 학생, 학부모의 자발성에 바탕을 두고 모두가 행복한 학교를 꿈꾸며 초등 4교, 중등 5교가 1기를 시작했었다. 2015년 2월이면 1기가 마무리된다.

행복더하기학교가 이루어낸 민주적 학교 운영을 위한 협의 문화와 소통, 통합교과·토론수업·무학년제·프로젝트 수업 등의 수업 혁신, 교원 전문성 함양을 위한 학습공동체 구축, 자율성을 존중하는 학생 자치와 동아리 활동, 지역 사회·학부모와 함께하는 학교 운영 등은 어느 것 하나 소홀히할 수 없는 학교 혁신의 과제들이었다.

그러나 나는 행복더하기학교가 이룬 소중한 가치와 성과들을 일방적이고 획일적으로 다른 학교에 강요하지는 않을 작정이다. 왜냐하면 학교 혁신이 '선험적으로 주어져있는, 도달해야 할 어떤 목표나 상태를 지향하는 것'은 아니기 때문이다. 학교 혁신은 현재의 문제를 개선하고 극복해가는 끊임없는 '운동'이기 때문이다. 학교마다 처한 문제가 다르고 그 처방 또한 다를 수밖에 없기 때문이다. 아울러 학교 혁신을 위한 교육적 상상력은 원대한 목표, 지침, 정책보다는 교실과 운동장, 지역사회에서부터 시작해야 할 것이다.

한 아이를 키우기 위해 온 마을이 필요하다지 않던가.

삶을 돌려주는 교육

아이들에게 어째서 삶이 없나, 밥도 먹고 학교에도 가고 책도 읽고
하지 않나 할는지 모릅니다. 그러나 삶이란 것은 자기가 주체가
되어 하는 행동입니다. 지금 아이들은 하루 종일 끌려다니기만
합니다.

— 『글쓰기 어떻게 가르칠까』, 이오덕, 보리, 1993

'사람'이 뭔가. 우리말 사전은 '태어나 살거나 살았던 자'로 풀어놓았다. '살음'이 '사름'이 되었다가 '사람'으로 되었다. 그러니 사람은 삶을 살아가는 존재다. 그런데 아이들을 보면 과연 살아가는 존재가 맞는지 헷갈린다. 삶이 없다. 생기 없이 학교를 오가는 아이들을 보면 꼭 허깨비만 같다. 안쓰럽다. 오죽하면 '학교라는 교도소에 학생이라는 이름을 받고 교복이라는 죄수복을 입고 급식이라는 콩밥을 먹고 출석부라는 죄수 명단에 올라 교사라는 간수의 감시를 받으며 공부라는 고문을 받고 졸업이라는 석방을 기다린다.'는 말이 아이들 입에 붙어 떠돌까?

산다는 게 뭐 별건가, 숨이 붙어서 밥 먹고 똥 누고 공부하고 일하지 않느냐고 말하는지 모르겠다. 하지만 그 일들을 자기가 주인이 되어, 제 생각으로 제 손발을 놀려 몸으로 부딪힐 때라야 비로소 산다고 할 수 있다. 온종일 공부며 운동이며 친구며, 심지어 잠자는 시간마저도 어른들이 일러준 대로 사는 아이들, 끊임없이 머릿속에 차곡차곡 지식을 채워 넣기만 할 뿐 그게 어째서 그런지 묻는 일조차 없다. 살아도 산 게 아니다. 뻣뻣한 몸에 어떤 영혼이 깃들 수 있을까.

아이들의 아침, 아이들의 저녁을 돌려주어야 한다. 토요일과 일요일도 돌려주자. '학습노동시간'도 주당 40시간을 넘지 못하게 법으로 정했으면 좋겠다.

좋은 교육, 나쁜 교육

우리가 '참'과 '거짓'을 가리려고 애쓰는 것은, 다시 말해서 '있는

것을 있다고 하고 없을 것을 없다고 하는 것'이 중요한 까닭은

'있는 것'과 '없는 것'을 분명하게 가려야만 다음으로 그것이

정말 있어야 할 것이냐 없애야 할 것이냐를 판가름 할 수 있기

때문입니다. (……) 큰 틀로 보면 '있어야 할 것이 있고 없어야 할

것이 없는 것'이 좋은 것입니다.

— 『조그마한 내 꿈 하나』, 윤구병, 보리, 1993

세상에 별일도 많다. 대구 어느 초등학교에서 2학년 아이가 성적이 꼴등이라서 내내 꼴찌로 점심을 먹었다는 뉴스를 보았다. 옛 기억이 떠올랐다. 중학교 다닐 적에 시험만 쳤다 하면 교무실 복도에다가 일 등부터 꼴찌까지 죽 이름을 써 붙여놓았다. 그때마다 내 이름이 저기 앞쪽에 있으면 얼마나 좋을까 하고 생각했었다. 이름이 어디에 있든 마음은 불편했다. 굳이 붙여놓지 않아도 누가 공부를 잘하는지, 너나없이 다 아는 사실 아닌가. 그러다 한번은 "저 앞쪽 아이들이 싹, 죽어버리면 나도 일 등 한 번 할 수 있을 텐데……." 하고 친구들하고 우스갯소리를 주고받은 적도 있다. 마구 지껄인 말이지만 다시 떠올려보면 가슴이 서늘해진다. 이런 줄 세우기는 교사가 되고 나서도 없어지지 않았다.

참교육과 거짓 교육, 좋은 교육과 나쁜 교육을 가르는 잣대가 과연 무엇일까. 그 물음에 농사꾼 윤구병 선생은 '있어야 할 것이 있고 없어야 할 것이 없는 것'이 좋은 것이라고 명쾌하게 뜻매김 한다. 그러면 교실에 무엇이 있어야 학교는 학교다워지고 교육은 교육다워질까. 무엇보다 아이가 자기 말을 하게 해야 한다. 끙끙 속으로만 울지 말고 밖으로 꺼내놓게 해야 한다. 그래서 고분고분 한 길로만 가지 말고 새로운 길, 없던 길을 머리를 맞대고 고민하고 토론하면서 만들어가도록 해야 한다.

역사 논쟁

영어뿐 아니라 여러 나라 말을 공부하는 건 얼마든지 해야 한다.

하지만 우리 것 제대로 못하면 남의 것도 바로 배우지 못한다.

일본이 역사 교과서를 수정 왜곡했다고 분노하기 전에 우리

스스로 우리 역사, 우리말을 바로 공부하는 게 먼저 되어야 하지

않을까?

─『빌뱅이 언덕』, 권정생, 창비, 2012

지금 우리 교육은 '역사 논쟁'을 벌이고 있다. 불씨는 고교 한국사 교과서였다. 일제의 식민지근대화론과 친일파를 편들며, 이승만·박정희·전두환 정권을 낯 뜨거울 정도로 미화한 한국사 교과서, 하지만 채택하는 학교는 거의 없있다. 그러자 정부는 검인정 체제를 뒤엎고 아예 국정 체제로 돌릴 꼼수를 낸다. 시간을 거슬러 유신체제 때로 되돌리겠다는 말이다. 하지만 이도 반발이 심하자 교육부는 '2015 문·이과 통합형 교육과정'에 통합사회와 통합과학을 국정으로 내겠다는 방안을 슬그머니 끼워 넣었다. 여론의 뭇매를 맞고 꼬리를 내렸지만.

'역사는 과거와 현재의 끊임없는 대화'라는 말처럼 과거가 현재에 영향을 미치고 현재가 역사 사실을 재평가한다. 그래서 모든 역사는 현재의 역사다. 그 점을 너무도 잘 아는 까닭에 '권력'은 자라나는 아이들에게 조작된 역사를 가르치고 싶은 것이다. 일본이 그렇고 중국이 그렇다. 어둡고 부끄러운 역사를 덮고 조작하는 일을 서슴지 않는다. 피가 거꾸로 끓어오를 일이다.

하지만 저들에게 할 말은 먼저 우리를 향한 말이 되어야 한다. 그들이 우리 말에 눈 하나 깜짝 않는 건 '너희는 너희 역사조차도 조작하고 왜곡하지 않느냐.'는 마음이 깔려있기 때문이다. 한번 보라. 교육이 미래를 지향하는 실천인지, 아니면 과거로 회귀하려는 실천인지…….

공부는 뭐 같이 해도

드넓은 밤하늘을 보면 우리 인생이 얼마나 작고 초라한지 알 것이다. 하늘을 쳐다보는 데 아직 돈 내라 소리 없지 않은가. 가난한 사람들에게도 우주는 그만큼 너그럽다. 작은 것으로, 느리게 꼴찌로 뒤처져 살아도 자유로운 삶이 있다. 자유로운 꼴찌는 그만큼 떳떳하다.

—『빌뱅이 언덕』, 권정생, 창비, 2012

사람은 누구나 다른 모습을 타고 난다. 쌍둥이도 꼼꼼히 요모조모 뜯어보면 다 다르다. 재주나 지능도 다 다르다. 일 등과 꼴찌는 시험 점수 한 가지 잣대로만 줄 세웠을 때 생기는 차이일 뿐이다.

잣대를 바꾸어, 마음씨 착한 걸로 줄을 세운다면 어떨까. 감나무에 누가 잘 오르는가로 따진다면, 목도리 뜨기를 해보면 어떨까. 미꾸라지, 퉁가리를 잘 잡는 것으로 치면 또 어떨까. 물걸레질 야무지게 하는 것으로 친다면, 뜀박질 잘하는 것으로 줄 세워보면, 말씨로 따진다면…….

공부는 뭐 같이 해도 나무도 잘 타고 목도리도 잘 뜨고 말씨까지 아름다운 사람은 얼마든지 있다. 시험 점수가 낮다고 지혜가 모자라거나 생각이 짧은 건 결코 아니다.

우리 사는 둘레를 잠깐 돌아봐도 가방끈은 짧지만 이웃과 나누고 도우며 착하게 사는 사람은 또 얼마나 많은가. 거꾸로 학교에서고 마을에서고 똑똑하다는 소리 듣고 많이 배운 사람이 이 나라에서 하는 일은 대체 무엇인가. 권력과 돈과 법의 마름이 되어 하루가 멀다 하고 온 나라를 들끓게 하는 그 사람들 말이다.

🌱 서울 쥐 시골 쥐

어른들은 모이시면

이런 촌학교에서 공부하면

나중에 높은 사람 될 수 없다고,

어른들 모이시면

이런 촌학교에서

더 배울 것 없다고……

경식이

서울 무슨 학교엔가 전학 갔다.

― 오승강의 시 「전학」 중에서

우연히 시골의 작은 학교에 다니는 아이와 도시의 큰 학교에 다니는 아이가 만나서 주고받는 말을 들었다. 큰 학교 다니는 아이가 연신 자랑이다.

"너네 학교 전교생이 몇 명이야? 우리 학교는 아마 천 명도 넘을걸. 너네 학교 학생 다 더해도 우리 반 학생 수만큼도 안 되겠다. 히힛."

작은 학교 다니는 아이는 풀이 죽어 뭐라 말을 못하고 머뭇대니 더욱 기세등등하다.

"울 학교는 도서실 두 개, 컴퓨터실 두 개, 체육관 하나, 과학실, 음악실, 강당도 식당도 다 따로 있다니까. 축구부도 있어."

큰 학교 아이 말을 묵묵히 듣고만 있던 작은 학교 아이가 한참 만에 입을 뗐다.

"좋겠다. 그런데 그렇게 커서 뭐가 좋은데? 과학실에 몇 번이나 가 봤어? 컴퓨터실은? 음악실은? 우린 시간마다 빠지지 않고 가는데. 운동장에서 공은 찰 수 있어?"

큰 학교 아이는 그 말에 입을 다물었다.

작은 학교를 우습게 보는 건 효율성과 경제성이다. 울력으로 세운 시골 학교는 마을의 역사다. 돌과 나무를 캐다 옮겨 심고 운동장에서 잔치를 열었다. 아이도 어른도 강아지들도 속속들이 서로를 잘 안다. 온 마을이 키워낸 아이들, 그래서 작은 학교 아이들이 더 건강하다.

✔ 천재의 가치

천재는 깊은 산속이나 거친 벌판에서 절로 나서 자라는 괴물이
아니라 천재가 생겨나고 자랄 수 있는 민중이 있어야 합니다.
때문에 이러한 민중이 없이는 천재가 있을 수 없습니다.

—『한 권으로 읽는 루쉰 문학 선집』, 루쉰, 송춘남 옮김·박홍규 해설, 고인돌, 2011

어느 자리에서 나이 지긋한 분이 '천재 한 명이 10만 명을 먹여 살린다.'는 소리를 한다. 곁에서 듣는 사람들도 연신 고개를 끄덕인다. 이 땅에 진정으로 천재가 없어서 안타깝다고 맞장구까지 친다. 지 말은 '마누라와 자식만 빼고 다 바꿔라.' 했던, 어느 대기업 회장이 한 말이다. 너나없이 이 말을 입에 달면서 우리 사회는 어찌 되었는가. 천재 하나에게 일자리를 주는 대신 10만이 쫓겨났다.

천재 하나가 10만을 먹여 살린다고? 거짓말 마시라. 도대체 천재가 어느 날 갑자기 생겨나는가? 하늘에서 뚝 떨어진 사람인가. 아니다. 천재도 먹고 자고 똥 누는 사람이다. 10만이 일해서 집 짓고 길 내주고 농사지어 준 덕에 사는 거다. 그러니 저 말은 '10만이 일해서 천재 하나를 만든다.'고 바꿔 말해야 한다.

어떤 창조물이든 숱한 사람의 생각과 시행착오가 차곡차곡 쌓여 만들어진다. 천재는 그 창조물에 마지막으로 생명을 후우, 불어넣은 사람일 뿐이다. 그렇다고 천재를 모독할 생각은 병아리 눈곱만큼도 없다. 다만 천재가 갑자기 생겨난 게 아니라고 말하고 싶을 뿐이다. 천재가 자랄 수 있는 환경이 먼저 있어야 한다. 하지만 이 나라는 어떤가. 오직 한 가지 정답만 강요하지 않는가. 천재가 생겨나려야 생겨날 수가 없게…….

🦋 우분투!(Ubuntu)
─ 사람은 다른 사람을 통해 사람이 된다

운동회를 볼 때마다 나는 이런 생각을 한다. 우승자를 존경하는
것은 당연한 일이지만 뒤떨어졌으되 기어이 결승점까지
달려가는 선수와 그런 선수를 보고도 비웃지 않고 숙연해지는
관객이야말로 중국의 미래를 떠멜 대들보이니라.

─『한 권으로 읽는 루쉰 문학 선집』, 루쉰, 송춘남 옮김·박홍규 해설, 고인돌, 2011

얼마 전 인터넷을 달군 초등학교 운동회 달리기 사진이 생각난다. 사진 속에는 다섯 아이가 손을 잡고 함께 결승선을 들어온다.

해마다 꼴찌를 도맡아 온 아이가 있는데 운동회 때마다 학교 가기 싫다고 했단다. '연골무형성증'이라는 병을 앓고 있는 아이는 해가 갈수록 성큼성큼 자라는 아이들과 더욱 차이가 벌어질 수밖에 없었을 것이다.

다섯 아이가 여느 때처럼 달렸다면 일 등부터 꼴찌까지 가릴 수 있었겠고, 병을 앓는 아이는 또 꼴찌를 했을 것이다. 하지만 아이들은 달랐다. 달리던 친구들이 결승선을 앞두고 걸음을 멈춘다. 놀랍게도 손을 잡고 한 걸음씩 함께 내디뎌 마침내 모두가 1등을 한다. 대견하다. 어른들 보다 낫다.

이 아이들이 나라의 대들보다. 뒤떨어져도 끝까지 달리는 아이에게 손뼉 쳐주고 응원하는 어른이 진정한 어른이다. 우리는 이제껏 남들을 밟고 올라서는 아이에게 상을 주고 손뼉을 쳐주었다. 하지만 꼴찌가 없는 세상을 만들어야 한다. 사람은 다 다르게 태어나니까.

🌱 자식의 이름으로 산다는 것

재춘이 엄마가 이 바닷가에 조개구이집을 낼 때
생각이 모자라서, 그보다 더 멋진 이름이 없어서
그냥 '재춘이네'라는 간판을 단 것은 아니다.
재춘이 엄마뿐이 아니다
보아라, 저
갑수네, 병섭이네, 상규네, 병호네.
(……)
재춘아, 공부 잘해라!

— 「재춘이 엄마」, 『그는 걸어서 왔다』, 윤제림, 문학동네, 2009

텔레비전 광고로 만난 윤제림 시인의 시, 그때는 이게 시인 줄도 몰랐다. '카피'라고 하나? 기가 막히게 잘 썼다 싶었다. 정색을 하고 이 땅의 수많은 재춘이에게 "재춘아, 공부 잘해라!" 하고 큰 소리로 말할 때는 나도 모르게 웃음이 났다.

시 속 재춘이 엄마는 어디서나 만날 법한, 참으로 억척스런 우리네 어머니다. 힘든 일상에도 웃음을 잃지 않고 일하시는 어머니다. 조개구이집 간판에 자식 이름을 내건다는 건 한없는 자식 사랑을 넘어 부끄럽지 않겠다는 다짐이기도 할 것이다.

시인의 말처럼 어디 재춘이 엄마뿐이겠는가.

어머니는 언제나 마음의 촉수가 자식 쪽으로 뻗어있는 사람이다. 하지만 그 사랑이 자녀에게도 행복이어야 한다. '자식의 이름으로 사는 게 그게 엄마 행복인 게다.'는 말도 아이에게 행복이어야 한다. '엄마의 아들딸이라서 나도 행복해.'라고 말할 수 있어야 한다.

자기 삶이 불행하다고 느끼는 청소년이 많다고 한다. 굳이 행복지수를 들이대지 않아도 자살률, 우울증을 앓는 청소년 비율만 봐도 많은 아이들이 병들어 있음을 알 수 있다. 아이들 마음을 병들게 한 사람이 누구인가. 바로 우리 어른이고 부모 아니겠는가.

공부라는 이름의 폭력

아이는 그저 자신의 리듬을 따라가고 있을 뿐이다.

그 리듬은 다른 아이들과 반드시 같아야 한다는 법도,

평생을 한결같이 언제나 일정해야 한다는 법도 없다.

아이에게는 저마다 책읽기를 체득해 나가는

자신만의 리듬이 있다.

때론 그 다름에 엄청난 가속이 붙기도 하고,

느닷없이 퇴보하기도 한다.

— 『소설처럼』, 다니엘 페낙, 이정아 옮김, 문학과지성사, 2004

우연히 동영상 하나를 봤다. 여섯 살 난 아이가 연신 졸린 눈을 비비며 "내가 잘 수도 없고 공부해야 되나? 잘 수도 없고……." 하고 투정을 부리지만 아이 어머니는 단호하다. "빨리 세어봐라, 처음부터 다시 해봐." 하고 아이를 다그친다. 아이는 마침내 "내가 잠도 못 자고 이래가 살겠나?" 하면서 상 위에 엎어지며 신세타령을 한다. 요즘 아이들 말을 빌려 '웃프다'고 해야 할까. 솔직한 우리 교육의 단면을 보는 것만 같아 씁쓸하다.

독일에서라면 어땠을까. 상상도 할 수 없는 일이다. 독일 취학통지서에는 "귀댁 자녀가 입학 전에 글자를 깨치면 교육과정에서 불이익을 받을 수 있습니다."라는 경고 문구가 적혀있단다. 경고에 그치지 않고, 글자를 가르쳐 아이를 학교에 보낸 부모는 "당신은 왜 그렇게 부도덕한 일을 했냐, 아이 인격 형성에 장애가 생기면 당신이 책임질 거냐."는 식의 비난을 받을 각오를 해야만 한단다. 왜 이렇게까지 할까.

사람 얼굴이 다 다르듯 공부 머리도, 재주도, 배우는 속도도 모두 다르다. 그런 아이들을 똑같은 속도로 몰아간다는 건 어쩌면 폭력이다. 다 때가 있는 것이다.

우리 아이들이, 단순히 좋은 대학이 아니라, 이루고 싶은 꿈을 찾아 공부하기를 바란다. 우리들 취학통지서에도 기쁜 경고 문구 볼 수 있는 날을 기대해본다.

✖ 교육 그리고 복지

학교가 질적으로 평등하다고 해도 빈민 아동은 분명 부유층
아동을 따라잡을 수 없다. 설령 그들이 같은 학교에서 같은
나이로 시작한다고 해도, 중산층 아동이 자주 이용할 수 있는
교육적 기회 대부분을 빈민 아동은 갖지 못한다. 이러한 이익은
가정에서의 대화와 책으로부터 방학 중 여행, 자아를 인식하는
방법의 차이에까지 확대되며, 이는 그런 것을 누리는 아동에게
학교 안팎에서 유리하게 적용된다.

— 『학교없는 사회』, 이반 일리히, 생각의 나무, 2009

교육복지나 무상교육 정책을 포퓰리즘으로 몰아간다. 친환경 무상급식을 비난하면서 대기업 회장의 손자한테도 공짜밥을 먹일 거냐고 나무란다. 공짜밥 먹이면 공짜 좋아하는 버릇이 생긴다고도 말한다. 그런 소리 떠벌리는 이들에게 이야기 하나 들려주고 싶다.

2009년 5월 영국 런던에서는 노숙자 열세 사람을 대상으로 실험을 한다. 길게는 40년 넘게 길바닥을 집 삼아 살아온 이들에게 지금까지 나누어주었던 공짜 식권이나 생필품 대신 돈을 나눠준다. 한 사람에게 4,500달러, 우리 돈으로 치면 470만 원씩. 아무 조건도 달지 않았다. 그러니 돈은 자기가 쓰고 싶은 곳에 마음껏 쓸 수 있다. 과연 어떻게 되었을까?

한 해가 지났다. 무책임하게 흥청망청 허비해버리고 또다시 손을 벌리며 길거리로 돌아갔을 거라 걱정했지만, 결과는 아주 뜻밖이었다. 노숙자 열셋 가운데 열하나는 뭔가를 배우고 마약중독 치료를 받기 시작했다. 예상하고는 다르게 자신에게 꼭 필요한 데만 썼다는 것이다.

이 실험은 복지 문제에 접근하는 방식이 어떻게 달라야 하는지를 잘 보여주는 예다. 교육과 복지만큼은 정치적 잣대로 재단해서는 안 된다, 절대로.

🌱 놀이밥

놀아야 사람이고 놀아야 아이다. 부모와 교사들이 이 명제를
순순히 받아들였으면 한다. 우리도 아이였을 때 공부 안 하고
가방 던져놓고 만날 놀았다고 아이들에게 솔직히 고백부터 하자.
어릴 때, 마냥 놀면서 놀이밥을 실컷 먹었다고 말이다. 우리가
아이들만 할 때 공부 좀 한 것처럼 위선 떨지 말자. 왜 우리는
실컷 놀아놓고 아이들은 놀지 못하게 하는가. 나와 아이들에게 좀
더 솔직해지자.

— 『아이들은 놀이가 밥이다』, 편해문, 소나무, 2012

《경향신문》이 '놀이가 밥이다'를 연재하였는데 놓치지 않고 읽었다. '놀이가 밥'이라는 말, 참 좋다. 밥 챙겨주는 것처럼 '놀이밥'도 꼬박꼬박 주어야 한다는 말로 읽었다. 에리히 프롬은 '아이들이 병들었다면 그것은 맘껏 놀지 못한 것에 대한 앙갚음'이라고 했다. 어른들 편하자고 아이들 손에 게임기와 스마트폰을 쥐여주고, 책상머리에 끌어다 앉히고, 기획된 삶을 살아가도록 한 우리 어른들에 대한 앙갚음일지도 모른다는 거다.

초등학교는 아이들이 놀 수 있는 마지막 시기다. 이 시기가 지나면 아무리 놀라고 해도 놀지 않을 것이다. 시쳇말로, 몸이 놀이를 기억하지 못하기 때문이다. 이미 어떻게 놀아야 할지 모르기 때문이다.

마음껏 놀면서 행복했던 기억이 있는 아이라야 뒷날에도 행복과 꿈을 찾아갈 수 있다. 놀이는 머리가 좋아지라고 하는 것이 아니다. 아무 대가를 바라지 않는 놀이라야 진짜 놀이다. 즐거움과 행복과 꿈을 '뒷날'이 아닌 '지금 여기서' 만나도록 돕는 것이 놀이다.

아이들에게 놀 권리를 돌려주자.

🌱 교권

인생의 일할을

나는 학교에서 배웠지

아마 그랬을 거야

매 맞고 침묵하는 법과

시기와 질투를 키우는 법

그리고 타인과 나를 끊임없이 비교하는 법과

경멸하는 자를

짐짓 존경하는 법

그 중에서도 내가 살아가는 데

가장 도움을 준 것은

그 많은 법들 앞에 내 상상력을

최대한 굴복시키는 법

— 「학교에서 배운것」, 『나의 사랑은 나비처럼 가벼웠다』, 유하, 열림원,

학생 인권을 말하면 '교권이 땅에 떨어지는 걸 어찌할 거냐.'고 핏대를 세우는 사람들이 있다. 체벌이 없으면 제멋대로 구는 아이들을 어떻게 할 거냐고도 한다. 그러면 교권은 '매 맞고 침묵하는 법', '시기와 질투를 키우는 법', '남과 나를 끊임없이 비교하는 법', '상상력을 최대한 굴복하는 법'을 가르치는 것이란 말인가…….

학생 인권이 학생에게 무슨 특혜를 주려는 것으로 오해한다. 하지만 학생 인권이 지켜질 때 교권도 살아난다. 교육은 사람을 사람답게 기르는 일이다. 아이들을 때리고 윽박지르고 벌주는 권리가 교권이 아니다. 오히려 교권은 아이들을 제압하는 것이 아니라 권력과 행정의 간섭에 맞서는 것이어야 한다. 부당한 지시와 간섭에 휘둘리지 않고 아이들을 떳떳하고 바르게 이끄는 것이다.

교권 추락은 어디에서 오는가. 교육이라는 아름다운 이름으로 약자라고 할 학생의 권리를 무시하고 짓밟는 일에만 골몰했으니 어찌 교권이 바로 설 수 있었겠는가.

가끔 상상한다. 어른들의 머리 길이부터 옷 입는 것, 심지어 양말 색까지 시시콜콜하게 정해준다면 과연 어떻게 할까. 부모는 이러저러하게 옷 입어야 하고, 교사들 머리 모양은 이래야만 한다고 한다면…….
그때도 목을 길게 빼고 고분고분 엎드려 하라는 대로 할 것인지.

❦ 교사는 무엇으로 사는가

대학을 법대로 가서 / 판사 검사가 되는 것만이
자신과 조국을 위하는 길은 아니라고 가르치던 그는
교원노조 결성에 참여했다는 이유로
나이 오십이 넘어 해직교사가 되었다
단체행동에다 명령불복종에다 성실의 의무 위반까지
법대로 그는 / 파면이 되었다

대학을 법대로 가서 / 판사 검사가 되는 것만이
부모에 효도요 나라에 충성하는 길이라고 가르치던 그는
교원노조 결성을 저지했다는 공로로
나이 오십도 못돼 교장이 되었다
모범표창에다 우수교원상에다 청와대 오찬까지

법대로 그는 / 승진을 하였다

─「법대로」, 『외롭고 높고 쓸쓸한』, 안도현, 문학동네, 2004

여전히 교문이나 큰길 가로수에 명문대 합격을 축하하는 플래카드를 내거는 학교가 있다. 조금이라도 더 똑똑한 아이를 끌어모으고 교육성과를 떠벌릴 요량으로 내걸었을 것이다. 그렇다면 거기에 이름을 올리지 못한 아이들은 뭔가? 죽어라 공부해서 판사가 되고 검사가 되고 뭐도 되고 뭐도 된 우리 아이들은 과연 누구를 위해, 무엇을 위해 일하는가.

아침마다 신문 들춰보기가 무섭다. 불의가 판치고 세상이 시간을 거슬러 가는 것만 같다. 경악스럽다. 아, 이 나라가 '법대로' 돌아가는 세상이면 얼마나 좋을까? 법 알기를 우습게 알고 법 없이도 살 사람들을 법으로 옭아매어 벌주고 밥줄 끊기가 일쑤인 나라. '애국애족'이라는 명분을 내세워 권력의 시녀가 되고 정권의 나팔수가 되어 경상도와 전라도를 편 가르고 온갖 말을 지어내어 국민을 속이는 일을 누가 하는가. 노동자가 땀 흘려 지은 밥과 집과 옷으로 먹고사는 줄 모르고 오히려 명령을 일삼는 게 누구인가.

『외롭고 높고 쓸쓸한』에서 이 시를 읽고 가슴이 서늘해졌다. 아이들 앞에 서는 사람이면 누구든 이 시를 찬찬히 읽어보길 권한다. 교사는 무엇으로 사는가, 하는 물음이 절로 생겨날 것이다. 우리들의 뒷날이 이 시절을 아름답고 따뜻했던 시간으로 기억했으면 좋겠다.

존재의 가치

한국에서 가장 이해하기 힘든 것은 교육이 정반대로 가고 있다는 것이다. 한국 학생들은 하루 15시간 이상을 학교와 학원에서, 자신들이 살아갈 미래에 필요하지 않을 지식을 배우기 위해 그리고 존재하지도 않는 직업을 위해, 아까운 시간을 허비하고 있다.

— 『교육의 틀을 바꿔야 대한민국이 산다』, 앨빈 토플러, 김영식 옮김, 매경출판, 2010

이 나라에서 학생은 사람도 아니다. 고등학교쯤 가면 '꿈과 끼를 지닌 인격체'란 말은 개나 줘야 할 말인지도 모르게 된다. 하루 15시간씩 공부하는 기계로 살 뿐이다. 법정근로시간처럼 정해진 학습시간 같은 것은 애초에 없다. 이 공부기계들은 다른 기계가 만들어낸 점수와 견주어졌을 때만 비로소 존재를 인정받는다. 무슨 그런 끔찍한 비유가 있냐고 말하는 사람이 있을지 모르지만, 현실이 그렇다. 일테면 자연계 고 3학생이 수능 수학B에서 한 문제를 틀렸다고 치자. 그러면 이 학생은 시험을 잘 봤을까? 점수만 봐서는 의미가 없다. 다른 아이 점수를 봐야만 알 수 있기 때문이다. '물수능'이라는 말처럼 만점자 비율이 1등급 기준인 4퍼센트를 넘으면 한 문제만 틀려도 2, 3등급으로 밀려난다. 1등부터 16만 2993등까지 차례대로 늘어놓았을 때라야 의미가 있다. 어떻게 앞줄에 설 것인가, 그게 우리 교육의 맨얼굴이다.

길이 없는 건 아니다. 길은 뜻밖에 가까운데 있다. 끝없는 경쟁으로 이익을 얻는 자들이 바라는 길의 반대로 가면 된다. 그러면 더할 나위 없이 좋은 세상이 될 것이다.

다 아이들을 위한 일

어린이와 관련한 모든 행동은 어린이에게 가장 좋은 것을
무엇보다 먼저 고려해야 한다.

— 2002년 유엔특별총회에서 채택한 〈선언문〉에서

어른들이 입에 달고 사는 말이 있다. "다 우리 아이들을 위한 일"이라는 말이다. 부모나 선생이 말할 때는 그렇지요, 하고 고개가 끄덕여지다가도 높은 사람이 그런 말을 하면 진정으로 하는 말인지 의심부터 든다.

정부는 무상급식과 무상보육 가운데 하나만 고르라고 억지를 부리면서 편을 가르고 싸우라고 부추긴다. 부잣집 자녀까지 먹이는 공짜밥 때문에 돈이 모자라 공교육의 질이 떨어졌다고 떠벌린다. 2012년 대통령 선거와 6·4 지방선거에서 도대체 무엇을 들었는지 모르겠다. 있는 집 없는 집 아이를 가려 공짜밥 먹을 자격을 요구하던 과거로 되돌리자는 말도 서슴지 않는다. '과잉복지'라고, '시기상조'라고 한다. 하지만 경제협력개발기구 34개 회원국 중 아동복지지출비율로 따지면 한국은 전체 예산의 0.8퍼센트로 32위다.

'헤크먼 방정식'이라는 게 있다. 2000년 노벨경제학상을 받은 제임스 헤크먼 교수가 주장한 것인데, 국가가 아이 교육에 투자하면 해마다 7~10퍼센트의 수익률을 낸다는 이론이다. 빈곤층이 줄고 범죄율이 떨어지며, 우수한 인력이 많아지고 세금을 내는 중산층이 두꺼워져 사회 전반에 이익이 된다고 말한다. 그러니 복지는 시혜가 아니라 국민의 권리이며 미래를 지키는 일이다. 무엇이 아이들에게 '최선'인지 한번 생각해보길 바란다. 현재가 쌓여 미래가 온다.

어른들은 왜 그래

솔직하길 바라면서 정작 솔직한 말을 듣기는 싫어하는 어른이
많습니다. 우리는 방금 꾸지람을 들은 아이가 작은 소리로 뭐라고
중얼거리는 것을 싫어합니다.
화가 난 아이가 부모를 어떻게 생각하는지를 솔직히 내뱉는
경우가 있기 때문이죠. 우리는 그 얘기를 듣고 싶어 하지
않습니다.

― 『야누슈 코르착의 아이들』, 야누스 코르착, 노영희 옮김, 양철북, 2002

우연히 『어른들은 왜 그래?』라는 그림책을 봤다. 보다가 어느 순간 '정말 어른들은 왜 그럴까.' 하는 부끄러운 마음이 들었다. '어른들은 있잖아 우리가 행복하길 원한대. 어른들은 자기들도 어릴 적이 있었대. 하지만 우리를 혼내는 걸 좋아해.'라는 말이 아프게 와 닿는다.

부모와 교사는 아이들이 솔직하게 마음을 터놓고 말해주길 바란다. 초등학교 낮은 학년 아이들을 보라. 미주알고주알 속엣말을 쉬지 않고 토해낸다. 어떤 아이라도 다 그렇다. 그게 동심이다. 일부러 정직하게 하라고 할 까닭도 없다. 아이들에겐 사실만 말하는 게 더 쉽다. 그랬던 아이들이 해가 더할수록 입을 다문다. 아이들 마음이 뒤틀리고 배배 꼬인 탓이 아니라, 어른을 믿지 못하기 때문에 속에 있는 말을 그대로 토해낼 수 없는 것이다.

어른들이 아이들 말을 듣고 싶지 않아 한다는 걸 너무도 잘 알기 때문이다. 아이들에게 배척당한 어른은 인생을 잘못 살고 있는 거나 마찬가지임을 되새겨야 한다.

🌱 절벽 끝에 내몰렸어도

사랑의 날들이

올 듯 말 듯

기다려온 꿈들이

필 듯 말 듯

그래도 가슴속에 남은

당신의 말 한마디

하루 종일 울다가

무릎걸음으로 걸어간

절벽 끝에서

당신은 하얗게 웃고

오래된 인간의 추억 하나가

한 팔로 그 절벽에

끝끝내 매달리는 것을 보았습니다.

— 「들국화」, 『서울 세노야』, 곽재구, 문학과지성사, 1990

사범대학을 졸업하고 큰 고민 없이 교사가 되었고, 선배 교사들이 했던 것처럼 그렇게 아이들을 가르쳤다. 해가 지나면서 서서히 기존의 관습이 원래 그랬던 것처럼 몸에 달라붙어 가려던 때, 지금은 세상에 없는 김경림 형이 다가왔다.

형은 누구보다도 먼저, 그리고 더 깊이 우리 교육의 모순을 해결하고자 YMCA중등교육자협의회, 전국교사협의회, 전국교직원노동조합 활동을 했다.

어느 날 김경림 형이 'YMCA중등교육자협의회에 함께 나가자.'는 제안을 해왔다. 생각은 있었지만 형이 받는 어려움을 가까이에서 봐왔던 터라 함께하기가 쉽지 않았다. 함께하지 못한 미안함과 자신에 대한 나약함으로, 마음 앓이가 심했지만 형은 더 많이 더 따뜻하게 다독여주었다.

이후 전교협, 전교조 활동으로 함께 탄압을 받으면서 주변의 많은 이들이 온전한 한 인간으로 살아가기 위해, 온전한 우주이기 위해 노력하고 있음을 알았다. 그리고 절벽 끝에 내몰렸어도 활짝 웃으려는 모습들을 많이 보았다.

들국화를 닮았던 형, 불현듯 보고 싶다.

❧ 아내

이불홑청을 꿰매면서
속옷 빨래를 하면서
나는 부끄러움의 가슴을 친다

똑같이 공장에서 돌아와 자정이 넘도록
설거지에 방청소에 고추장 단지 뚜껑까지
마무리하는 아내에게
나는 그저 밥 달라 물 달라 옷 달라 시켰었다
(······)
명령하는 남자, 순종하는 여자라고
세상이 가르쳐준 대로
아내를 야금야금 갉아먹으면서
나는 성실한 모범근로자였었다

— 「이불을 꿰매면서」 중에서, 『노동의 새벽』, 박노해, 1984.

1984년 박노해의 『노동의 새벽』은 큰 울림을 주었다. '노동해방'을 줄인 '노해'라는 필명이 그랬고, 우리 사회의 모순 덩어리 노동문제를 누구나 쉽게 알아들을 수 있게 간결하고 분명한 언어로 표현한 것도 그랬다.

　　아이들에게는 "남녀의 구별은 없어, 모두 평등해."라고 말하면서 정작 아내에게는 또 다른 잣대를 들이대고 있는 모습을 발견한 것도 「이불을 꿰매면서」를 읽던 무렵이었다.

　　결혼 전, 평등 부부가 되겠노라고 마음속 다짐을 했지만 신혼 생활을 시작하면서 이런저런 의견 충돌로 조금씩 다툼이 생겼다. 결혼 전에는 장점이 더 많이 보였는데 결혼 후에는 그 반대였다. 그런데 다툼의 원인을 거슬러 올라가 보니 그것은 언제고 내 안에 숨어있던 가부장적 습관, 군림하고자 하는 마음 때문이었다. 가부장적 사회에 오랫동안 길들여져서 그런 거라고 핑계를 대보기도 했지만, 머리만 평등 부부를 지향할 뿐 가슴은 그러지 못했던 것이다. 그 때 「이불을 꿰매면서」가 내게 왔다.

　　사소한 언쟁이라도 한 날에는 지금도 이 시를 생각한다. 여전히 내게는 아픈 시다. 더 많이 나를 버려야겠다.

🦋 해직

희망 속에는 언제나 눈물이 있고
겨울이 길면 봄은 더욱 따뜻하리

— 「노랑제비꽃」 중에서, 『서울의 예수』, 정호승. 1982.

전교조 창립으로 해직되어 거리의 교사로 지내야 하던 시절, 교복 입은 학생들을 보면서 '월급을 받지 않더라도 가르칠 수만 있으면 좋겠다.'는 생각을 수없이 했다. 특히 춘천여고 아이들이 야간자율학습 시작 전에 쫑알쫑알 친구들과 얘기를 나누며 명동으로 내려올 때면, 가슴이 미어질 것처럼 아팠다.

해직된 학교였기에, 교실 창문에 기대어 눈물 쏟으며 손을 흔들던 아이들의 오롯한 모습이 아직 기억에 생생했기에 더 그랬다.

언젠가는 학교로 돌아갈 것이라 생각하면서도 복직될 희망이 보이지 않을 때였기에 하루에도 몇 번씩 주저앉았다 일어서기를 반복해야 했다. 그럴 때마다 되뇌었던 시가 바로 정호승의 「노랑제비꽃」이었다. 희망으로 나를 더욱 단단하게 했다.

'나를 위해서는 땀을, 선량한 이웃을 위해서는 눈물을, 정의를 위해서는 피를 흘리는 사람'

이 시의 마지막 연 뒤에 덧붙이는 나의 각오다.

혼자서는 갈 수 없는 길

길이 하나 있었습니다

그대라고 부를 사람에게

그 길을 보여주고 싶었습니다

어느 누구도 혼자서는 갈 수 없는

끝없는 길을

― 「길」, 『그대에게 가고 싶다』, 안도현, 1991.

사람이 사는 마을에 도착하는 날까지

혼자 가는 길보다는

둘이서 함께 가리

― 「철길」 중에서, 『그대에게 가고 싶다』, 안도현, 1991.

이 시는 저 유명한 루쉰의 잠언을 생각나게 한다. "희망이란 본디 있다고도 할 수 없고 없다고도 할 수 없다. 그것은 땅 위의 길과 같다. 본래 땅 위에는 길이 없었다. 걸어가는 사람이 많아지면 그것이 곧 길이 되는 것이다."

교사협의회와 전교조 활동, 두 번의 교육위원 활동, 그리고 교육감 직무 수행……. 이 모든 일들이 처음 가는 길이었다. 퇴임교사들이 주로 교육위원을 하던 때에 현직교사 출신으로 교육위원에 당선되어 활동을 했던 것, 평교사 출신으로 교육감이 되어 한 가종 직무……. 하얀 도화지 같은 길이었다.

내가 가는 길이 맞는지 확신이 서지 않을 때도, 외로울 때도 참 많았다. 그럴 때마다 '희망이란 땅 위의 길과 같다.'는 생각을 되씹고 되씹었다.

혼자서는 갈 수 없는 길이 내 앞에 놓여있다.

'동지'들과 이 길을 가려고 한다. 같은 곳을 바라보는 우리 모두가 '동지' 아니겠는가.

교육과 이데올로기

예를 들면 학교에서 실제로 어떤 지식이 가르쳐지고 있는가.
그리고 어떤 지식이 사회적으로 정당한 지식으로 생각되고
있는가라는 문제는 학교의 문화적 경제적 정치적 위치를
이해하는 데 대단히 중요성을 지닌다. 여기에서 우선적으로
해결해야 할 과제는 학교의 교육과정을 문제시함으로써 그 속에
숨어있는 이데올로기적인 내용을 밝히는 일이다.

— 『교육과 이데올로기』, 마이클 애플, 박부권·이혜영 옮김, 한길사, 1985

〈2014 마이클 애플 교수 초청 심포지엄〉이 애플 교수의 갑작스런 건강 이상으로 무기한 연기되었다는 소식을 듣고 무척 걱정했다. 다행히 애플 교수가 '방문하지 못해 미안하다.'는 사과와 함께 '한국 방문을 몹시 희망하고 있다.'는 뜻을 보내왔다는 얘기를 듣고는 건강에 큰 이상이 있는 것은 아니라는 생각이 들어 안도했다.

『교육과 이데올로기』의 원래 제목은 『Ideology and Curriculum』으로 지난 100년 동안 교육학에 지대한 영향을 미친 세계적인 책 20권에 선정된 바 있다. 애플 교수는 이 책에서 '기존의 교육과정을 비판적인 통찰력으로 분석하고 새로운 지식을 개발해야 한다'고 말한다.

대학 시절, 교육학 강좌를 많지 듣지는 못했지만, 대부분 강좌는 교사가 학생을 대하는 심리기제에 초점을 맞춘 교육심리학이 주였다. 내가 지금 학생들에게 무엇을 가르치고 있는지, 학생들이 사회적 존재로 성장하는 데 교사가 가르친 내용이 어떤 영향을 미치는지에 대한 강좌는 별로 없었고, 나를 비롯한 다른 교사들도 큰 관심이 없었던 것 같다.

교사가 되어서야 만난 『교육과 이데올로기』는 전혀 다른 교사의 길을 제시했다. 책은 내게 가르치는 모든 행위에 '왜'라는 질문을 던질 것을 요구했고 나는 그렇게 하려고 노력했다. 지금도 그렇다.

❦ 오류가능성의 교육적 의의

권위주의는 사람들로 하여금 그들이 정당하다는 것을 방어하고
계속해서 그것을 입증하도록 고무한다. 그것은 사람들이 그들의
이론, 행위 및 제도의 사악함, 부적절함 그리고 허위성에 대하여
어둡게 한다. 그것은 자기비판을 방해할 뿐만 아니라 사람들로
하여금 타인으로부터 비판에 대해서 적대적인 태도를 갖도록
한다.

— 『오류가능성의 교육적 의의』, H.J.퍼킨슨, 장상호 옮김, 교육과학사 1984.

『오류가능성의 교육적 의의』에서 일관되게 강조하는 것은 학생들에게 '틀릴 수 있음을 허용해야 한다.'는 것이다.

예를 들어 영어 교육을 보자. 중·고 6년과 대학 1~2년, 대략 7~8년을 배웠는데도 자신이 없기는 나도 마찬가지다. 주변 사람들도 대체로 그러하다. 요즘 아이들도 별반 다르지 않아 보인다. 왜 이럴까? 그렇게 많은 시간을 공부했는데도 자신 없는 이유는 무엇일까? '틀릴 수도 있다.'는 기회를 허용하지 않았기 때문은 아닐까.

틀리는 순간 그대로 성적에 막대한 영향을 미치기에 '오류가능성의 교육적 의의'가 발현되지 못한 것은 아닐까. 그렇기에 영어 교과만큼은 자유롭게 말하고 쓰고 틀릴 수 있는 기회를 충분히 제공해야 한다고 본다. 그러려면 성적으로 환산되지 않아야 한다는 전제조건이 필요하겠지만…….

'오류가능성의 교육적 의의'의 최대의 적은 권위주의와 관행이다. 이것들은 틀릴 수 있음과 시행착오로 얻어지는 교육적 효과는 물론 새로운 모험과 개선을 방해하고 거부한다. 또한 스스로를 방어하기 위해 조직의 힘을 동원해 파벌까지 형성해가며 민주적 의사결정과 열린사회로의 발전을 훼방 놓는 것이다. 권위주의와 관행, 과연 시대의 적이라 할 만하다.

희망의 밀알

싹수 있는 놈은 아닐지라도
공부 잘하고 말 잘 듣는 모범생은 아닐지라도
나는 너희들에게 희망을 갖는다.
오토바이 훔치다 들켰다는 녀석
오락실 변소에서 담배 피우다 걸렸다는 녀석
술집에서 싸움박질 하다 끌려왔다는 녀석
모두 모두가 더없는 밀알이다.
공부 잘해 대학 가고 졸업하면 펜대 굴려
이 나라 이 강산 좀먹어 가는 / 관료 후보생보다
농사꾼이 될지 운전수가 될지 / 공사판 벽돌 나르는 노동자가 될지
모르는 너희들에게 희망을 갖는다.
이 시대를 지탱해 가는 모든 힘들이
버려진 사람들, 그 굵은 팔뚝에서 나오는 것이기에
나는 너희들을 믿는다.

— 조재도 「너희들에게」 중에서, 『민중교육』, 실천문학사, 1985

속칭 명문학교에 보내는 것을 교사의 역할이라고 생각했던 초임교사 시절이 있었다. 아이들의 마음에 상처를 남기고 집에 돌아오면 '교사의 진짜 역할은 무엇인가.'라는 고민에 빠져 힘들어하곤 했다. 뿌리가 튼실한 사람으로 성장하도록 도와야 한다는 생각과 그렇지 못했던 현실은 내 싸움의 단골 메뉴였다. 그래서 늘 아팠다. 그때 「너희들에게」를 만났다. 조 선생의 시는 내게 '아이들은 미래의 주인이 아니라 지금, 현재의 주인이어야 한다.'고 말해주었다. 아마도 이 시는 나뿐 아니라 많은 교사들을 깨우치는 풍경(風磬)처럼 읽혔으리라.

당시 정권은 중학교와 고등학교에서 국어를 가르치던 조재도 선생을 「너희들에게」를 썼다는 이유로 학교에서 쫓아냈다. 이후 복직은 했지만 전교조 결성으로 다시 교단에서 쫓겨나 함께 해직 동지가 되는 우연을 겪기도 했다.

조 시인은 참담한 정권의 탄압을 받았지만 뭇 교사들을 일깨웠다. 깨우침은 교육민주화를 가져왔고 그 밀알은 나를 여기까지 오게 했다.

판·검사를 키우는 교육도 소중하지만 조 시인 같은 작가를 키워내는 교육이야말로 참교육 아닐까.

❧ 무위당 장일순

해월 선생에서 장일순 선생으로 이어지는 비폭력주의 사상의 흐름은
한국의 근현대 정신사에서 참으로 희귀한 사상의 맥을 형성하고
있다. 끊임없는 도피와 잠적의 생활 가운데서도 풀뿌리 민중을
하늘처럼 섬기고, 생명의 존귀함과 평등성을 소박한 말과 행동으로
정성을 다하여 가르쳤던 해월 선생의 삶이나 그 삶속에서 진정한
사표(師表)를 발견한 장일순 선생의 생애에서 우리가 보는 것은
지극히 겸허하고 부드러운 여성적인 영혼이다. 이러한 영혼에 깊이
응답할 수 있는 능력의 유무에 우리의 구원의 가능성이 달려있을
것이라는 것은 더 말할 필요가 없다.

— 『간디의 물레』, 김종철, 녹색평론사, 1999

무위당 장일순. 대학 시절 잠깐의 서울 생활을 빼고는 줄곧 고향 원주에서 "돈보다 사람을 위한 사회, 돈보다 생명을 위한 사회, 나보다 남과 함께하는 사회"를 구현해 나가려 했던 사람. 83년에는 통일운동을 전개하기 위해 '민주통일 국민연합'을 발족하는 데 힘을 쏟았고, 그해 10월에는 '한살림'을 창립해 본격적인 생명운동을 펼쳐나갔던 사람.

내가 무위당에 더 큰 관심을 갖게 된 것은 이현주 목사와 대화로 풀어 쓴 『노자 이야기』를 읽고부터였다. 책은 노자뿐 아니라 기독교, 불교, 유교 같은 동서양의 종교와 철학에 대한 깊이 있는 지혜를 던져주었다.

사회운동가, 생명사상가였던 무위당은 서예에도 일가를 이뤄 글과 그림을 받으려는 사람에게는 무료로 나눠줬다. 당시 경찰은 무위당을 감시하면서도 외지에서 '높은 손님'이 오면 무위당에게 글과 그림을 부탁해 선물했다 한다. 지금도 무위당의 작품을 가장 많이 소장하고 있는 사람들이 전직 경찰이라던가…….

일완지식 함천지인(一碗之食 含天地人), '한 그릇의 밥 속에는 하늘과 땅과 사람이 담겨있다'는 해월 최시형 선생의 말씀, 무위당도 즐겨 하셨고 나도 참 좋아하는 글귀이다. 내겐 아이들이 하늘이다.

❦ 우보천리

현명한 사람은 자기를 세상에 잘 맞추는 사람인 반면에 어리석은

사람은 그야말로 어리석게도 세상을 자기에게 맞추려고 하는

사람이라고 했습니다.

그러나 역설적이게도 세상은 이런 어리석은 사람들의 우직함으로

인하여 조금씩 나은 것으로 변화해간다는 사실을 잊지 말아야

한다고 생각합니다.

우직한 어리석음, 그것이 곧 지혜와 현명함의 바탕이고

내용입니다.

— 『나무야 나무야』, 신영복, 돌베개, 1996

'뛰는 놈 위에 나는 놈'이라고도 하지만 한 두 해 나이가 많아지면서 빠르게 앞을 향해 뛰어가는 것보다 한 걸음 한 걸음 내딛는 것이 더 중요하다는 생각을 한다. 산을 오르면서야 '우보천리(牛步千里)'를 실감하기도 하면서.

해마다 산을 좋아하는 이들과 설악산 대청봉이나 태백산 천제단을 오른다. 우보천리는 '우직한 어리석음이 아니라 지혜와 현명함의 바탕이고 내용'이라는 것을 걸음마다 새기며 걷는다.

'우보천리'를 생각하다 보면 "나는 천천히 걷는 사람이다. 그러나 뒤로는 가지 않는다."는 링컨의 말이 떠오르기도 한다. 승승장구하거나 실패를 경험하지 않는 인생보다 어떤 난관을 겪더라도 자신에 대한 사랑과 믿음을 버리지 않겠다는 각오와 함께.

'우보천리'와 '링컨의 말'은 수능 끝난 고 3 교실을 방문할 때 잊지 않고 학생들에게 들려주는 말이기도 하다.

함께 사는 사회란 뛰어가거나 날아가려는 사람들이 만드는 것이 아니라 포기하지 않고 한 걸음씩 내딛는 사람들, 여러분들이 만들어 가는 것이라는 당부와 함께.

❧ 노암 촘스키

이상하게 들리겠지만 나는 노동란이 있는 신문을 본 적이
없습니다. 노동계에서 주목할 만한 소식이 있어도 경제란에
실립니다. 바로 경제의 주역이라는 경영자의 관점에서 보도되기
때문입니다.

— 『촘스키, 세상의 권력을 말하다 1』, 노암 촘스키. 강주헌 옮김, 시대의 창, 2013

노암 촘스키 교수는 MIT 언어철학부 석좌교수로 언어학의 세계적 석학이다. 베트남 전쟁을 계기로 사회 문제에 관심을 갖기 시작했는데 무엇보다 언론이 외면하는 진실의 실체를 전달하고자 노력하는 지식인이자 사회운동가이다. 우리나라의 여러 문제 중 제주 강정마을 해군기지, 쌍용차 문제, 종북 몰이, 철도민영화 파업투쟁, 한국의 민주주의에 대해서도 관심이 높아 최근에는 우리나라의 민주주의가 후퇴하고 있다고 안타까워하기도 했다.

촘스키 교수는 "언론이란 공공의 관리 아래 언론의 미래, 언론의 보도, 언론에의 접근성 등 모든 것이 국민의 참여로 결정되어야 하는데, 실제로는 소수의 이익만을 대변하고 있다."고 말하면서 "언론이 이데올로기에 관련된 중요한 기관들 중 하나로 사회구성원의 사고와 사상을 통제하고 있다."는 비판도 잊지 않는다.

촘스키 교수의 비판이 암시하는 것은 어쩌면 현재 우리 사회의 여론을 지배하는 신문, 지상파 방송, 종편이 과연 공정한 보도를 하고 있는지에 대해 면밀하게 분석하라는 귀띔일지도 모르겠다.

아이들에게 던지는 교사의 말 한 마디도 공정성을 잃어선 안 될 일이다.

🌸 다양성

겉보기에는 둘 다 사실적인 듯하지만, 그야말로 병색까지
있는 그대로 묘사된 그림은 바로 조선의 초상화라는 것입니다.
이런 극사실(極寫實) 초상화에서 보이는 회화 정신을 뭐라고
했느냐 하면, 옛날 분들은 그 마음을 일러 '일호불사(一毫不似)
편시타인(便是他人)'이라고 했습니다. 즉 '터럭 한 오라기가 달라도
남이다.'라는 것이죠. 참으로 엄정한 회화 정신입니다. 그럼 보기
싫은 검버섯이나 부종(浮腫)같은 환부까지 왜 그토록 정확히
그렸는가? 진선미(眞善美) 가운데 예쁜 모습이 아니라 진실한
모습, 바로 참된 모습을 그리려 했기 때문입니다. 즉 외면이 아닌
정신을 그리려고 한 것입니다!

— 『한국의 미 특강』, 오주석, 솔. 2003

옛 사람들은 '터럭 하나라도 달라서는 안 된다.'는 정신으로 초상화를 그렸다. 그래서 초상화를 '진짜를 묘사했다.' 하여 '사진'이라고도 한다. 검버섯은 물론 흰머리, 눈이 한쪽으로 몰려있는 사시도 그대로 그렸다. 우리가 흔히 선비라고 할 때 고리타분한 사람으로 이해하는 경우가 많은데 진정한 선비란 바로 이런 정신의 소유자가 아닐까.

수학이라는 과목이 추구하는 정신도 이와 유사하다. 수학 선생으로서 학생들에게 가장 많이 받았던 질문이 "왜 수학 공부를 해야 하죠?"였다.

수학은 획일적인 것이 아니라 과정의 다양함을 인정하며 명제의 참을 찾아내고 증명하는 학문이다. 아이들을 가르치면서도 다양성을 인정하려고 노력했지만 돌아보면 여전히 아쉽다.

지난해 얼굴이 다르고 올해 얼굴이 다르다. 졸업 앨범 사진을 찍기 전, 그러니까 2학년 겨울 방학 때 성형수술을 하는 학생들이 가장 많다고 한다.

아이들의 얼굴은 참도 예쁘고 거짓도 예쁘다.

❦ 경쟁의 늪

강사 입장에서는 이 게임에서 1조가 이기든 2조, 3조가 이기든 전혀 중요하지 않다. 강사에게는 오로지 이 박수 치기 '게임', 즉 조별 '경쟁'이 계속되는 것, 이것이 핵심적으로 중요하다. 반면에 학생들은 강사에게서 점수를 부여받는 순간, 거의 무조건적으로 더 높은 점수를 받으려고 하는 경향이 있다. 이것이 본질적으로 중요하다. 즉 1조가 1등 하든 2조가 1등 하든 3조가 1등 하든 박수 치기 경쟁을 지속하는 한, 그 누가 승리하는가와는 상관없이 '모든' 학생들은 강사의 의도에 장악(지배)된다. 경쟁에 동참하는 모든 조들은 자기도 모르는 사이에 한 연약한 강사의 통제 아래 놓이게 되는 것이다. 한마디로, 경쟁은 지배와 더불어 동전의 양면을 이루고 있다.

— 『나부터 교육혁명』, 강수돌, 그린비, 2003

야영활동의 레크리에이션 시간, 강사가 가장 많이 쓰는 집중 방법이 게임을 가장한 손뼉 치기나 함성 지르기 아닐까. 학생들을 몇 개의 조로 나누고 조별로 손뼉 치기나 함성 지르기를 시킨다. 학생들은 강사가 주는 임의의 점수를 더 높게 받기 위해 손뼉을 치고 함성을 지른다.

레크리에이션이란 '회복하다, 새롭게 하다'라는 의미로 강제됨이 없는 자유롭고 즐거운 활동을 뜻하는데, 이 게임에서는 본래의 의미는 사라지고 오로지 다른 조를 이기기 위한 강제된 경쟁만 존재한다. 우리는 왜 이런 경쟁에 익숙할까. 우리 사회도 이와 닮아있다.

경쟁은 공동체 모두가 성장하는 계기가 되어야 하지만 실제로는 남이야 어찌되든 말든 나만 이기면 되는 이상한 게임으로 변질되었다.

자기와 생각이 다르다 하여 종북이다, 좌빨이다 몰아가는 것도 건강한 경쟁의 산물은 아니다. 토끼와 거북이의 경쟁이 처음부터 성립할 수 없는 게임인 것처럼.

평등한 경쟁이라야 평등한 사회도 가능하지 않겠는가.

🌱 연대의 힘

낮은 곳에 피었다고 꽃이 아니기야 하겠습니까.

발길에 채인다고 꽃이 아닐 수야 있겠습니까. 발길에 채이지만

소나무보다 더 높은 곳을 날아 더 멀리 씨앗을 흩날리는 꽃.

그래서 민들레는 허리를 굽혀야 비로소 바라볼 수 있는 꽃입니다.

민들레에게 올라오라고 할 게 아니라 기꺼이 몸을 낮추는 게

연대입니다. 낮아져야 평평해지고 평평해져야 넓어집니다.

겨울에도 푸르른 소나무만으로는 봄을 알 수 없습니다.

민들레가 피어야 봄이 봄일 수 있지 않겠습니까.

ㅡ 『소금꽃나무』, 김진숙, 후마니타스, 2007

노동자 김진숙은 21살이던 1982년, 대한조선공사(현 한진중공업)에 용접공으로 입사했으나 5년 만인 1986년에 명령 불복종을 이유로 해고당한다. 함께 해고된 노동자들이 20년 넘는 복직 투쟁으로 회사로 돌아갔을 때 김진숙은 세외됐다. 그 사이 징역살이를 두 번 했고, 수배생활로 5년을 보냈다.(『시사상식사전』 참조)

2011년 1월 6일 새벽, 김진숙은 한진중공업 정리해고 철회를 주장하며 한진중공업 영도조선소 35m 높이의 85호 크레인에 올랐다. 전국의 많은 시민들은 '김진숙을 살려야 한다.'며 여섯 차례에 걸쳐 '희망버스'를 타고 부산으로 모였다. 희망버스가 사회적 의제가 되면서 김진숙은 309일 만에 승리의 땅을 밟았다.

김진숙, 평생을 노동자의 인간다운 삶을 위해 살아온 사람. 2003년 김주익 열사 추도사를 읽던 그의 목소리가 아직도 귀에 쟁쟁하다. 다시 읽어도 가슴을 흔드는 그 추도사.

"1970년에 죽은 전태일의 유서와 세기를 건너 뛴 2003년 김주익의 유서가 같은 나라. 두산중공업 배달호의 유서와 지역을 건너뛴 한진중공업 김주익의 유서가 같은 나라. 민주당사에서 농성을 하던 조수원과 크레인 위에서 농성을 하던 김주익의 죽음의 방식이 같은 나라. 저들이 옳아서 이기는 게 아니라 우리가 연대하지 않음으로 깨지는 겁니다. 만날 우리만 죽고 만날 우리만 패배하는 겁니다."

✤ 다운시프트(Downshift)

우리 주위에는 돈을 많이 가졌음에도 궁핍한 사람처럼 사는
이들이 많다. 그들은 인생의 이런저런 요소를 즐기는 열정을
잃었으며, 젊은 시절의 소박한 기쁨을 더 이상 기억하지도 못한다.
에리히 프롬이 말했듯이 꽃을 바라보는 것은 존재하는 삶의
방식이고, 꽃을 따는 것은 소유하는 삶의 방식이다. 우리의 목적은
소유하는 것이 아니라 존재하는 것이다. 물론 아무것도 소유하지
않는 것은 불가능하고, 소유의 여부가 남들에게 달린 경우도
있지만 궁극적으로 우리는 존재하는 삶을 추구해야 한다.

─『심플하게 산다』, 도미니크 로로, 김성희 옮김, 바다출판사, 2012

자본주의 사회의 생활상을 보여주는 영화 장면 하나를 고르라면? 찰리채플린의 《모던타임즈》가 아닐까. 지하도에서 쏟아져 나와 회사를 출근하는 사람들과 이리저리 몰려가는 양떼, 1초의 여유도 허락하지 않는 컨베이어 시스템에 갇혀 결국 너트처럼 생긴 것들은 모두 조이려는 채플린, 점심시간을 줄이려고 첨단장비를 도입하려는 사장, 화장실에 설치되어있는 감시카메라 등등. 기계화·자동화로 인한 인간소외를 이처럼 잘 말해주는 영화가 어디 있을까 싶다.

최근 유럽의 젊은 직장인들 사이에서는 이렇듯 자본주의가 안고 있는 시스템에 귀속되기보다는 생활의 여유를 가지려는 사람들 - '다운시프트족(downshifts)'이 늘어나고 있다고 한다. '다운시프트'는 자동차를 '저속 기어로 바꾼다.'는 뜻인데, 저속 기어로 천천히 차를 몰듯 생활의 여유를 가지려는 사람들을 일컫는다. 경제적 수입이나 승진보다는 일과 여가의 조화를 통해 삶의 질, 자신의 존재 가치를 높여 나간다는 것이다.

지금은 정계를 은퇴한 손학규 씨가 '저녁이 있는 삶'이란 말을 했을 때 많은 사람들이 그 말에 동의했다. 우리나라 법에는 주 40시간 근무라고 되어있지만 실제로는 야근도 모자라 주말에 출근해야 하는 사람들도 부지기수고 이마저도 부러운 눈으로 바라보는 일용직이 넘쳐난다.

많은 사람들이 북유럽 국가들을 부러워하지만 정작 그 국가들이 2차 세계대전 직후 어려웠던 시절부터 교육, 노동, 의료 등 복지정책에 역점을 두었음을 간과하고 있다.

이들 나라들이 물질적 풍요보다는 모두 함께 사는 사회, 정의로운 사회를 만드는 데 역점을 둠으로써 결국 물질적 풍요와 존재하는 삶의 방식을 함께 이루었음에 주목해야 하지 않을까.

🦋 놀권

스칸디 부모들은 공부와 놀이를 엄격하게 구분하지 않는다. 공부도 놀이처럼 하고, 놀이도 공부라고 생각한다. 놀이를 통해 아이들은 몸만 자라는 것이 아니라 할 수 있다는 자신감을 배운다.

— 『스칸디 부모는 자녀에게 시간을 선물한다』, 황선준·황레나, 예담, 2013

놀권, 학생에게는 공부해야 하는 학습권도 있지만 '놀 수 있는 권리'도 있다. 아이들은 친구들과 놀고 어울리면서 다른 사람을 배려하고 자신을 긍정하는 법을 배운다. 놀이에는 협동과 호기심, 창의성과 탐구심 등이 담겨있어 자신도 모르게 놀면서 이런 능력을 체득하며 성장하게 된다. 하지만 우리나라 아이들은 지나친 학업 경쟁으로 놀 시간이 절대적으로 부족하다. 놀이 공간도 태부족하지만 학년이 올라갈수록, 대입에 가까울수록 놀 기회는 더욱 제한받는다.

경기도를 시작으로 초·중·고 학생들을 9시까지 등교토록 하자는 움직임이 일고 있는데, 최근 미국에서도 그런 모양이다. 등교 시간을 늦추자 학생들의 학업 성취도가 높아지고, 폭력 등 각종 사고 가능성도 확연히 떨어졌다는 연구 결과 때문이다. 미네소타대학 연구 결과는 학교의 하루 일과를 늦게 시작할수록 학생들의 우울증과 교통사고율, 출석률, 폭력, 카페인·알코올 섭취와 마약 사용률 등이 개선되었음을 보고한다.

오랫동안 학생들을 가르치면서 충분한 수면을 취한 학생, 운동을 즐기는 학생이 훨씬 긍정적이며 좋은 성적을 보인다는 것을 확인할 수 있었다.

어떻게 '놀권'을 보장할 것인지, 우리도 시작해야 한다.

🌱 정치적 처방

책임 추궁을 당하는 당사자, 그의 해명을 받아들이는 정부
공직자들은, 인권침해 행위가 발생한 그 시점에서 '실시간'으로
활용할 수 있는, 부인에 관련된 문화적 자원을 이용하기
때문이다. 국가가 인권침해를 조장할 때 또는 인권침해를 모른
체할 때 사용했던 언어가, 사건이 일어난 후 외부의 비판에
대응하기 위해 다시 등장한다.

— 『잔인한 국가 외면하는 대중』, 탠리 코언, 조효제 옮김, 창비, 2009

이명박 정부 때 학교폭력을 근절한다며 내놓은 방안이 학교폭력 가해 사실을 학교생활기록부에 기재토록 하는 것이었다. 이 때문에 정부와 시·도교육청 간에 적지 않은 갈등이 있었다. 반대하던 시·도교육청의 주된 이유는 국가가 인권침해를 저지르면서 외부 비판에만 대응하기 위해 내놓은 대증적 처방이라는 것이었다.

물론 학교폭력이야 근절돼야 하지만 이를 해결하는 방법이 인권침해를 조장·자행하거나 온전히 외압적 통제 시스템에만 의존하고 있어 정말 허탈했다.

사회는 갈수록 정글로 치닫는다. 가정은 무너지고, 교육은 입시경쟁교육의 깊어진 골로 황폐화되어 간다. 배려와 협력이라는 전통적 가치마저 사라진다.

배려와 협력을 복원하는 일, 그 일을 교육이 담당해야 한다. 그런데 정부가 요구하는 학교폭력 대응책을 보면 아이들이 왜 아픈지에 대한 진지한 고민이 보이지 않는다. 교육자의 처방이 아니라 정치인의 처방이다.

어떤 사건이 일어났다고 치자. 경찰과 검찰은 가해자와 피해자를 가려내고 그에 맞는 처벌을 하는 것으로 최소한 임무가 끝난다. 하지만 교육은 아니다. 바로 그 지점부터 교육을 시작해야 한다.

❦ 곡감

꽃 농장 인부들이 일을 시작하기 전
짜이를 끓여 마시며 담소 중이다.
이들의 하루는 짜이와 함께 시작된다.
"내 몸에 따뜻한 기운이 돌고
동료 간에 우애의 감정이 돌아야
내가 가꾸는 꽃들도 향기를 건네겠죠.
삶을 위해 일하고 웃기 위해 돈 버는 건데
일과 돈이 사람의 주인 노릇하면 되나요"
일터는 '돈터'만이 아닌 '삶터'이자
내가 더 좋은 사람이 되어가는 '수행터'이고
동료란 경쟁 관계가 아닌 '좋은 벗'인 것을.
아침 해와 함께 멋진 하루를 열어주는 짜이 한 잔.

— 「시작은 짜이」, 『다른 길』, 박노해, 느린걸음, 2014

"웃으세요. 웃지 않으면 웃을 때까지 찍겠습니다!" 1년에 네 차례, 일반직 정기인사가 있는 1월과 7월, 교육직 인사가 있는 3월과 9월에 우리 도교육청으로 온 식구들의 개인 사진을 찍으며 하는 말이다. 각 과 사무실 직원 소개란에 붙어있는 사진이 반명함 크기라 딱딱하고 선명하지 않다는 생각과 교육감 취임 후 도교육청 식구들에게 '감님'이 아니라 '동료'가 되고 싶어 시작한 일이다.

누가 취미를 물어오면 사진 찍기라 답한다.

교사가 되고, 교육운동을 하면서 '민주주의는 현장(거리)에 있다.' 는 마음으로 기록을 남기기 위해 사진을 열심히 찍었다. 물론 당시엔 모든 것이 아날로그였다. 서울 집회 한 번에 보통 대여섯 통의 필름을 인화했다. 아마 전교조 강원지부 사진첩에도 내가 찍은 '역사'가 고스란히 남아있을 것이다.

내 손가락이, 내 카메라의 셔터를 눌러야만 내 사진이 된다. 교육감 실을 방문하는 분들은 내 손님. 그래서 커피나 차를 내가 직접 대접한다.

아직도 내가 안 보는 자리에서 나를 '감님'이라 하는 동료들이 있나 모르겠다. 별로라 그랬더니 요샌 '곡감'이라 하는 모양이다.

'감님'은 아날로그 시대 호칭이고 '곡감'은 디지털 시대 호칭이라나 뭐라나……

✤ 꿈꾸기를 멈추지 말자

"정치인으로서의 특권은 어떻게 생각합니까?"

"특권이오? 그런 거 없습니다. 열차나 비행기를 출퇴근 때 공짜로

타기는 합니다. 하지만 엄밀히 말해서 공짜라기보단 나중에

이용료를 돌려받는 거지요. 이것도 공무와 관련된 이동일 때만

허락됩니다. 그리고 의회내규에 따라 일반석만을 사용하게

되어있습니다."

— 『우리가 만나야 할 미래』, 최연혁, 쌤앤파커스, 2012

『마흔에 읽는 손자병법』 속 강태공의 「육도」에는 이런 구절이 있다. "장수는 추운 겨울에도 혼자만 따뜻한 외투를 입지 않고, 무더운 여름에도 혼자만 부채를 들지 않으며, 비가 와도 혼자만 우산을 받쳐 들지 않는다. 행군 중 진펄을 만나면 말에 타고 있다가도 내려서 병사들과 함께 걷는다."

어쩌면 이런 모습이 『우리가 만나야 할 미래』에서 말하는 스웨덴 정치인들의 삶이 아닐까.

나를 되돌아본다. 혹여 추운 겨울에는 혼자만 따뜻한 외투를 입고, 무더운 여름에는 혼자만 부채를 들고, 비가 오면 혼자만 우산을 받쳐 들고, 행군 중 진펄을 만나면 병사들을 무릎 꿇게 하고 그 위를 걷지는 않았는지……

스웨덴이 성장과 행복, 이 모두를 이룰 수 있었던 것은 특권 의식에서 벗어난 사회 지도층의 도덕성과 청렴 때문이다. 누구에게나 공정한 기회와 혜택을 제공하려는 보편적 복지가 일반화된 때문이다.

우리의 문제는 뭘까. '우리가 만나야 할 미래'가 너무 먼 미래에 있다고, 이후 세대의 문제라고 생각하는 것은 아닐까?

새로운 사회든 행복한 사회든 꿈에서부터 시작된다. 꿈꾸기를 멈추지만 않는다면 무엇이 불가능하겠는가.

🌱 다름에 대한 배려

자율적인 협동 학습

수준별 수업의 필요성에 대해 한 번 더 정리한다. 획일적인
기준을 적용해서 수준을 나누고 수업 내용을 달리하는 방식과
비교해보면 핀란드 방식은 훨씬 진화된 개인별 맞춤형 수업이다.
서로가 서로를 도우면서 공부한다는 것의 의미를 다른 각도에서
강조하고 싶다. 자신이 아는 것을 표현하는 것은 매우 뛰어난
학습 효과를 보장한다. 상호작용을 통해 개념적인 지식은
정교해지고 사고하는 소양은 깊어질 수 있다.

— 『핀란드 교실혁명』, 후쿠타 세이지, 박재원 · 윤지은 옮김, 비아북, 2009

2011년 12월 16일, 이날을 잊을 수 없다. 거의 스무 해 넘게 대다수 도민이 열망해왔던 고교평준화 실시안이 도의회를 통과하던 날이다.

고교평준화. 한여름 뙤약볕과 한겨울 찬바람, 비가 오면 비가 오는 대로, 눈이 오면 눈이 오는 대로 풍찬노숙하며 열망했던 도민의 숙원이었다.

2013년부터 춘천, 원주, 강릉에 고교평준화가 실시됐다. 고교평준화 실시 후 새롭게 나온 목소리는 수준별 수업이었다. 예전에는 학교가 서열화되어서 수준에 맞는 수업이 가능했는데 평준화 이후에는 학생들이 섞여있어 수업에 어려움이 있다는 얘기였다.

사실 수준별 수업은 우열반 편성의 다른 말일 뿐이다. 비평준화 때의 학교 형태가 우열학교다. 그런데 평준화 후에 다시 수준별 수업을 도입한다면 그것은 우열학교를 우열학급으로, 모양새만 바꾸는 것과 다르지 않다. 학생들의 수준은 모두 다르다. 우열학급 모형이 아닌 개인 맞춤형 수업 모형의 도입이 필요한 것이다.

협력교사를 두어 배우는 속도가 다른 아이들을 위해 개별적인 도움을 주는 '따로 또 같이' 수업을 해야 한다.

천천히 배우는 아이들에 대한 배려를 잊지 말아야 한다.

✤ 울면서 경쟁하는 교육

핀란드 학생들의 집중력이 높은 이유는 관심 있는 주제를
공부하도록 하기 때문이다. (……) 과학 같은 경우에도 생활과
동떨어진 것이 아닌 주위에서 흔히 볼 수 있는 물과 같은 대상을
주제로 삼는다. 때문에 핀란드 학생들은 공부에 쉽게 관심을
가지고 집중할 수 있다. 그러나 우리는 정반대로 공부한다.
공부의 내용보다는 평가 결과에 집착하기 때문에 바로 눈앞에
있는 공부에 집중할 수 없다.

— 『핀란드 공부혁명』, 박재원·임병희, 비아북, 2010

2011년 10월, 강릉의 한 중학교를 방문했을 때의 일이다. 마침 청소 시간이라서 아이들이 빗자루와 자루걸레를 들고 이리저리 분주한데 2학년 한 학생이 내 팔을 잡고 꼭 보여줄 것이 있다며 교실로 데리고 갔다. 다음 시간이 국어 시간인데 자기네 모둠이 한국과 핀란드 교육의 다른 점을 준비했다며 프리젠테이션 자료를 보여준다.

프리젠테이션 자료는 우리나라 학생들이 핀란드보다 두 배나 더 오랜 시간 공부하지만 성적은 비슷하다, 우리나라는 의무적으로 시험의 압박을 받으며 공부하고 있는데 저들은 그렇지 않다 등을 보여주고 있었다. 발표까지 지켜보는 동안 우리 교육의 어두운 모습을 발표하는 학생의 표정만큼은 핀란드 학생보다 밝아 보였다.

교실을 나오는데 핀란드는 웃으며 서로 돕는 교육이지만, 한국은 울면서 경쟁하는 교육이라며 꼭 해결해 달라고 부탁한다.

"나는 병 속에 갇힌 새/ 부숴버리고 싶다/ 하지만 나는 안 돼/ 의지도 노력도 부족한 걸 (……) 어느 날 알아버렸다/ 나를 가둔 병이/ 내가 아니라 사회라는 것을/ 의무의 병/ 시험의 병/ 압박의 병/ 그런데 핀란드에서는 새가 날고 있었다."

『핀란드 공부혁명』에 실린 다른 글이다. 부러워하면 지는 거라는데, 해결 방안이 없을 때의 얘기다. 부러워만 하지 말고 우리도 시작하자.

❧ 책은 사람을 만든다

또한 다양한 문화와 레저 활동이 이루어지고 있는데 그중의
하나가 도서관 서비스이다. 핀란드에서는 PC방을 보기 어렵다.
도서관이 디지털 서비스를 제공하고 있다. 이것은 디지털 갭을
방지하고 줄이는 데 큰 기여를 하고 있다.

—『핀란드 교육혁명』, 한국교육연구네트워크 총서기획팀 엮음, 살림터, 2010

2012년 1월에 핀란드와 독일의 여러 학교와 기관을 방문했다. 핀란드에서는 150년 역사의 헬싱키 중앙도서관(빠 썰라 시립도서관)을 방문했다. 도서관 안내 팸플릿의 표지 사진은 노 인이 거실에서 책을 읽는 모습으로 '거동이 불편한 노인도 집에서 책 을 받아 읽을 수 있고, 평생 책을 읽어야 한다.'는 의미라고 했다. 유아 와 어린이를 위한 도서방은 아기자기한 소품으로 꾸며져있다. 1층에 는 자그마한 연못도 만들어놓았다. 도서관 안내자가 '핀란드에서는 2Km이내에 도서관이 있어야 한다. 헬싱키에는 시립도서관이 36곳이 나 있다. 지난해(2010년)에 500만 권의 도서를 대여했다. 헬싱키 시민 1인당 15.6권을 대여한 셈이다. 헬싱키 시민 80%가 도서 열람증을 보 유하고 있다' 등을 설명하는데 그 나라는 부러웠고, 내 자신은 부끄 러웠다.

독일에서는 가이드가 사는 마을 도서관을 방문했다. 가이드는 '워 낙 작은 도서관이라서 볼 게 있을까요?'라고 겸손해하는데, 넓은 공 간에 책이 많기도 하다. 이곳도 핀란드처럼 아이들이 신발을 벗고 들 어가 책을 볼 수 있게 만들어놓았다. 서너 살쯤 된 아이가 할머니 손 을 잡고 들어가는 모습이 눈에 많이 띈다.

"사람은 책을 만들고, 책은 사람을 만든다."는 말이 지극히 평범하 다는 것을 확인하는 시간이다.

🌱 사람이 존중받는 세상을 꿈꾸며

2011. 11. 13.

우리가 이야기하려는 사람은 누구인가?

전태일.

평화시장에서 일하던, 재단사라는 이름의 청년노동자.

1948년 8월 26일 대구에서 태어나, 1970년 11월 13일, 서울

평화시장 앞 길거리에서 스물둘의 젊음으로 몸을 불살라 죽었다.

그의 죽음을 사람들은 '인간선언'이라고 부른다.

— 『전태일 평전』, 조영래, 돌베개, 2001

교육감도 노동자인가? 한때 사범대학 면접과 교사직무연수에서 '교직은 성직이냐, 전문직이냐, 노동직이냐. 이에 대해 논하라!'는 것이 단골 주제였던 적이 있다. 그런데 이 세 가지 중에서 교직의 특성을 하나만 고를 수가 있을까? 그리고 이 세 가지는 서로 대립하는 개념일까?

노동자란 정신이든, 기술이든, 육체든, 자신의 노동력에 의존해 생계를 유지하는 모든 사람들을 일컫는 말이다. 그렇기에 자신의 노동력을 제공하여 생계를 유지하는 사람은 실내에서 일하든, 실외에서 일하든, 월급을 많이 받든, 적게 받든 모두 노동자이다.

게다가 교육감은 임기 4년을 마치고 나면 도민의 심판에 따라 재계약을 할 수 있을지 여부가 가려지기에 '선출된 비정규직'이기도 하다. 대통령과 국회의원, 지방자치단체장도 마찬가지다. '가재는 게 편'이라는데, 비정규직의 아픔을 가장 많이 알고 헤아려야 하는 사람이 대통령, 국회의원, 교육감, 지방자치단체장과 같은 선출직이어야 하지 않을까.

학교에도 비정규직으로 근무하는 분들이 많다. 이들 모두 강원도교육청을 움직이는 중요한 바퀴다.

사람이 존중받는 세상이 한 걸음 더 다가오도록 노력하겠다는 다짐을 한다.

❧ 희망을 노래하는 시인

포기를 모르는
풀포기들과

나무랄 데 하나 없이
우뚝한 나무들

그들이 어울려 사는 곳
희망이 있는 곳.

— 「희망이 있는 곳」, 『까만 밤』, 정유경, 창비, 2013

정유경 시인은 춘천의 한 초등학교에서 교사로 근무하는데, 두 해 반 정도 강원도교육청에 파견 와 많은 일을 함께했다. 시인으로 좋은 시도 많이 선사하지만 대학 때 방송반에서 아나운서 활동을 한 것을 바탕으로 강원도교육청 홍보영상의 내레이션 녹음도 많이 했다. 늘 밝은 목소리와 학생들에 대한 애정이 깊어서 '만나면 좋은 사람' 그 자체이다.

노벨문학상 수상작가인 파블로 네루다와 작은 어촌 마을의 우편배달부 마리오의 우정을 그린 영화《일 포스티노》, 사랑에 빠진 마리오에게 시를 가르쳐주는, 칠레의 민주화 염원을 담은 영화다.

마리오가 네루다에게 '시는 쓰는 사람의 것이 아니라 읽는 사람의 것이에요.'라고 말하는 장면은 아직도 생생하다. 네루다의 시가 개인의 것이 아니라 칠레 민중의 것이라는 것을 암시하는 것으로 읽혔다.

정유경 시인의 시 「희망이 있는 곳」처럼 우리 아이들이 포기를 모르고, 나무랄 데 없는 우뚝한 나무들로 성장하기를 바란다.

이 땅의 모든 선생님과 어른들이 학교와 사회를 '희망이 있는 곳'으로 만들어가기를 '희망'한다. 이 세상은 우리들의 것이니까.

✺ 학교가 살아야 마을이 산다

농촌 학교는 도시 학교와 아주 다르다. 오늘날 농촌 학교는
특수한 사명을 짊어지고 있다. 즉 농촌 학교는 일정한 조건
아래서 농촌의 유일한 문화의 원천이 되고 있으며 농촌의 모든
지적 생활, 문화생활과 정신생활에 커다란 영향을 미치고 있다.

— 『선생님들께 드리는 100가지 제안』, 바실리 알렉산드로비치 수호믈린스키, 수호믈린스키교육
사상연구회 옮김, 고인돌, 2010

어쩌다 폐교를 지날 때면 마음이 아프다. 아이들이 사라지고 시계는 거기서 딱 멈추었다. 풀들이 운동장을 덮고 처마 아래로 거미줄이 무겁게 흔들린다. 아이들은 다 어디로 갔을까. 단정하니 앉아 책 읽는 소녀상이며 늠름한 이순신 동상을 보면 한창 때는 얼마나 붐볐을까 싶다. 운동장을 빙 둘러선 나무들이 아버지처럼 학교를 포근히 안아주고 그 속에서 뛰어놀던 아이들 웃음소리는 또 얼마나 예뻤을까. 삐걱거리는 골마루를 뚜벅뚜벅 걸어 들어가 드르륵 교실 뒷문을 밀면 책상도 걸상도 아이도 없다. 칠판에 삐뚤빼뚤 적어놓은 말들이 다 아프다. 산을 닮고 강을 닮고 땅을 닮은 아이들은 죄다 어디서 무엇을 하고 있을까. 옹기종기 산 아래 살던 집들은 다 어느 하늘 아래에 있을까.

옛사람들은 흔히 자기 살던 곳을 호로 삼았다. 다산은 강진 찻산(茶山)이, 율곡은 파주 밤골(栗谷)이, 퇴계는 안동 뒷시내(退溪)가 그대로 호가 되었다. 우리 아이들이 자라 옛사람들처럼 호를 붙인다면 뭐를 고를까. 층층이 칸칸이 사는 아파트 이름을 붙일까.

작은 학교가 많은 강원도다. 학교를 살려야 마을이 산다. 마을이 살아야 인재가 생겨난다. 한 인격이 사람답게 자라나자면 하늘과 땅과 바람과 사람이 어우러진 풍경 속에 있어야 한다. 더욱이 고향을 지키는 마음은 땅을 걸었던 발바닥에서 나온다.

🌱 덤벙주초

사람들은 실제로 늘 보던 버릇 그대로 보고 있으며 심지어는
더 못 보기도 한다. 왜냐하면 그들은 항상 똑같은 방식으로
보면서도 보는 방법을 터득했다고 착각하기 때문이다.

— 피카소

삼척 죽서루는 조선 선조 때 송강 정철이 관동팔경 가운데 으뜸으로 꼽았을 만큼 명승이다. 김홍도나 강세황 같은 화가들도 죽서루를 그림으로 남겼다.

거기에 올라앉으면 오십천 너머 마을이 한눈에 든다. 휘돌아 가는 푸른 물줄기는 또 어떤가.

그런데 죽서루에 가서 정자가 서있는 곳을 보면 다시 한 번 놀란다. 묵직한 지붕을 받치고 선 나무기둥이, 편평하게 고른 바닥이 아니라 울퉁불퉁한 바위 위에 서있기 때문이다. 울뚝불뚝한 바위는 그대로 두고 나무기둥 밑을 긁어냈다. 자연히 기둥 길이도 다 다르다. 생긴 대로 썼지만 그렝이질로 밑둥을 치밀하게 긁어내 맞춘 까닭에 오히려 빈틈이 없다. 억지를 쓰지 않고 곡선을 그대로 살린 지혜는 어떤 경지에서 나왔을까 싶다. 바윗돌과 기둥의 아귀가 딱 맞으니 그 어떤 지진이 온다 해도 꿈쩍도 않는다. 이렇게 쓴 주초를 '덤벙주초'라고 한다. 죽서루 주춧돌은 판판하고 매끈한 돌이라야 한다는 고정관념을 가볍게 뛰어넘는다.

말이 길어졌지만 주춧돌로 쓸 돌이 따로 있는 게 아니라는 말을 하고 싶었다. 늘 보던 버릇대로 보면 제멋대로 구는 돌은 아무 짝에도 쓸모가 없다. 하지만 다른 눈으로 보면 잘 다듬은 돌만 주춧돌이 되는 게 아니다. 우리 아이들을 한번 보라. 모두가 주춧돌이 될 아이들이다.

일에는 귀천이 없다

일을 하지 않고 가만히 앉아서 생각만 하거나 책을 읽고 지식을
받아들이기만 해서는 결코 건강한 사람이 될 수 없다. 더구나
아이들은 온몸을 움직이는 삶으로 자라나는 생명이 아닌가.

— 『민주교육으로 가는 길』, 이오덕, 고인돌, 2010

10월 28일자 《한겨레신문》에 초등학교 어린이 시 한편이 실렸다. "나는 영훈초등학교를 나와서/ 국제중학교를 나와서/ 민사고를 나와서/ 하버드대를 갈 거다./ 그래 그래서 나는/ 내가 하고 싶은/ 정말 하고 싶은/ 미용사가 될 거다."

이 시를 두고, 필자인 이계삼 씨는 '학교교육에 대한 통렬한 비난'이라고 썼다. 미용사가 될 아이라면 곧장 미용사가 되는 길을 열어주는 교육이라야 한다고 힘주어 말한다.

맞는 말이다. 하지만 다른 마음도 든다. 하버드대학 나와서 미용사를 하면 안 되는 건가? 하버드대학 나오면 너나없이 대학 교수나 펜대 굴리는 일만 해야 할까? 군고구마 굽거나 소똥을 치우거나 운전대 돌리는 사람을 하면 안 되는 걸까? 그런 마음 밑바닥에는 그깟 미용사 일쯤이야 죽어라 공부해서 대학 나오지 않아도 할 수 있는 일 아니냐, 대학까지 나와서 머리 만지는 건 한심한 짓이라는, 은근히 미용일을 아주 낮잡아 보는 마음이 숨어있는 건 아닐까. 말난 김에 학교는 몸과 마음 공부를 하는 곳이 아니라 미래 직업을 준비하는 곳인지도 묻고 싶다.

일을 하지 않고 머리만 쓰는 사람이 세상을 애써 나쁜 곳으로 만든다. 일을 모르고 삶을 모르니까 그렇다. 때론 나쁜 일을 편들고 돕기까지 한다. 일에는 귀천이 없다는 말이 새삼스럽다.

진로 교육

모든 교육은 진로 교육이다.
또한 그렇게 돼야 한다.

– 시드니 말란드

학교교육을 앞으로 다가올 세상을 헤쳐나 갈 삶의 기술이나 미리 살아가는 연습의 과정, 또는 다음 단계로 나아가기 위한 준비로 생각하는 사람이 뜻밖에 많다. 그런 까닭에 진로교육 하면 누구랄 것도 없이 미래 직업을 고르는 눈이나 필요한 능력을 기르는 교육쯤으로 생각한다. 대학 진학을 돕는 교육이라고 좁혀 생각하는 사람도 있는데 그 생각을 끝까지 따라가 보면 직업을 얻는 앞단계라고 본다. 그렇게 보면 「교육기본법」 2조에서 교육은 '인격을 도야하고 자주적 생활능력과 민주시민으로서의 자질'을 길러주는 것이라고 한 말은 헛소리가 되고 만다.

학교교육이 '인격'은커녕 '상품'을 길러내는 교육이 된 지 오래다. 하지만 여전히 공교육이 희망이다. 진로는 나아갈 길이다. 한 인격뿐만 아니라 한 사회가 나아갈 길을 보여주는 교육이 되어야 한다. '직업'과 '대학'이 학교교육의 목표가 아니다. 그 '꿈' 너머의 '꿈'을 말하고 보여주어야 한다. 교육이 뭔가. 한 사람이 온전한 민주 시민으로 살아가도록 돕는 일이다. '온전하다'는 건 자기 몸을 놀려서, 먹고 입고 자는 일을 스스로 한다는 말이다. 대학에 가고 직업을 얻는 것도 제 앞가림하는 사람이 되라고 하는 일이다. 그 일이 교육이 맡은 일이고 교육자의 책무다. 그러니 진로 교육이 따로 있는 게 아니다. 모든 교육이 진로 교육이고 진로 교육이 되어야 한다.

🌱 아이가 이 세상에 온다는 것

노랑제비꽃 하나가 피기 위해

숲이 통째로 필요하다

우주가 통째로 필요하다*

지구는 통째로 제비꽃 화분이다

— 「노랑제비꽃」, 『웃음의 힘』, 반칠환, 지혜, 2012

늦가을 무서리 내린 아침이다. 어둔 담벼락 아래 민들레가 꽃을 피웠다. 앉은 자리 척박하다. 그래도 겨울이 다가온다고, 머지않아 영하의 밤이 올 거라고 서둘러 꽃을 피우는 참이다. 세상천지 온통 찬 기운이 일어나는 때이니 민들레 마음은 얼마나 조급했겠나. 어디 민들레뿐이겠는가. 민들레를 지켜보는 햇볕이고 바람이고 하늘이고 얼마나 마음 시렸겠는가. 한마음으로 민들레가 꽃대를 피워 올리고 꽃씨 맺기를 바랐을 거다. 온 우주가 민들레를 응원했기에 비로소 환하게 꽃을 피울 수 있었다. 덕분에 어둡던 그늘이 환해졌다.

아이들을 생각한다. 하나하나가 다 귀한 꽃이다. 정현종 시인은 '사람이 온다는 건/ 실은 어마어마한 일이다./ 그의 과거와/ 현재와/ 그의 미래가 함께 오기 때문이다./ 한 사람의 일생이 오기 때문'이라고 했다.

아이가 이 세상에 온다는 것은, 그것도 우리 교실에 온다는 건 실로 어마어마한 일이다. 더욱이 태양계 50억 인류 진화의 역사가 그 몸속에 고스란히 새겨져있다. 온 우주가 도와서 아이 하나가 이 세상에 온 것이다. 세상 어느 곳도 아닌, 대한민국에서도 강원도, 강원도에서도 우리 학교 우리 교실에 와 단정하니 앉아있는 것이다.

가끔 우리는 그런 사실을 너무도 쉽게 잊고 산다.

목 없는 아이들

우리 교실 뒷자리에서
수업하다 아이들을 보면
등만 있고 목이 없다.
목 없는 아이들이 불쌍하다.

— 「목 없는 아이들」, 『버림받은 성적표』, 윤세원 (부산고 2년), 보리, 2005

시 제목이 '목 없는 아이들'이다. 이 시만큼 대한민국 교실 풍경을 기막히게 묘사한 시가 또 있을까. 목이 없는 아이들이라니.

우리나라 청소년의 삶은 국민행복시대라는 정부의 구호와는 아주 거리가 멀다. 내리 6년째 어린이 행복지수가 경제협력개발기구 가입국 가운데 꼴찌란다. 교육부 자료로 보면, 우리 청소년 열 가운데 넷 꼴로 한 번쯤 자살을 생각하고, 열에 하나는 자살을 실제로 시도해본 경험이 있단다. 짐작대로 성적과 진학 문제가 가장 높은 비중을 차지한다. 그렇다고 꼭 성적이 나빠서만은 아니다. 1등 하던 학생이 스스로 목숨을 끊는 일도 심심찮게 일어난다.

시험만 보고 잊을, 미련 없이 내다버릴 지식과 있지도 않을 직업과 돈벌이, 어른의 만족을 위해 친구를 경쟁자로 삼은 채 죽어라 공부만 하니, 어찌 어린 영혼들이 꺼지지 않을까. 『몽실언니』를 쓴 권정생은 '하나님은 쓸데없는 물건을 하나도 만들지 않았다.'고 했다. 이 말은 '세상에 쓸데없는 사람은 하나도 없다.'는 말로 바꿔 말할 수 있어야 한다. 세월호 참사를 겪으면서 이 땅의 부모 된 사람들의 마음이 과연 어떠했나? 그 마음을 되살리자.

다름의 미학

꽃들에게 인사할 때
꽃들아 안녕!
전체 꽃들에게
한꺼번에 인사해서는
안 된다
꽃송이 하나하나에게
눈을 맞추며
꽃들아 안녕, 안녕!
인사를 해야 한다.

— 「꽃들아 안녕」, 『돌아오는 길』, 나태주, 푸른길, 2014

한 교실에서 같은 교복을 입고 같은 교과서로 같은 선생한테 같은 칠판을 올려다보고 공부하지만 아이들은 하나하나가 다 다르다. 자연의 이치가 그렇다. 하늘 아래 살아있는 것들을 한번 보라. 하나도 꼭 같은 게 없다. 한 나무에서 돋아난 이파리도 하나하나 뜯어보면 똑같은 게 하나도 없다. 한 부모에서 나온 일란성 쌍둥이도 엇비슷하긴 해도 가만 들여다보면 같지 않다.

학교는 오래도록 자유롭게 생각이 뻗어가는 아이들을 교과서와 시험과 체벌로써 같아지라고 강요해왔다. 다르다는 건 곧 틀리다고 말해왔다. 남다른 몸짓이나 생각은 저만 잘났냐고 흉보고 중뿔난 짓거리라고 나무랐다. 다른 생각을 품거나 '정말 그럴까?' 하고 묻는 사람은 사회를 뒤엎을 반사회적 위험 인물로 낙인을 찍었다. 끊임없이 더 좋은 세상으로 나아가자면 모두가 한마음이어야 한다고 가르쳐왔다.

하지만 우리 사회가 뿔뿔이 갈라지는 건 생각이 다르기 때문이 아니다. 도리어 생각이 같아서 쉽게 갈라진다. 획일이 통일은 아니다. 통일은 다른 것들이 서로를 따듯하니 품고 조화롭게 하나가 되는 일이다.

교실에 들어갈 때마다 아이들 하나하나와 눈을 마주치자. 아이 곁에 다가가 이름을 불러주자. 그게 이 세상 어떤 가르침보다 더 아이를 키우는 말이 될 것이다.

과거는 다가올 미래의 서막

하늘이 장차 이 사람에게 큰일을 내리려 할 때에는 반드시 먼저 그 심지를 괴롭게 하고, 뼈와 힘줄을 힘들게 하며, 그 몸을 굶주리게 하고, 그에게 아무것도 없게 하여 그가 행하고자 하는 바와 어긋나게 한다. 이는 그의 마음을 분발하게 하고 참을성을 길러줌으로써 지금까지 할 수 없었던 일을 더 많이 할 수 있게 하기 위함이다.

— 『맹자(孟子)』, 고자장구·하(告子章句·下), 15절

셰익스피어 희곡 〈템페스트〉에서 "과거는 다가올 미래의 서막(序幕)"이란 문장을 만난 것은 1989년보다 훨씬 뒤의 일이었다. 이 말은 '내가 앞으로 어떻게 살아갈 것인가.'를 생각할 때마다 '내가 어떻게 살아왔나.'를 되돌아보게 하였다.

나는 소위 Y교사들의 교육 민주화 선언과 함께 교육운동을 시작했다. 이후 교사협의회 활동을 열심히 했지만 탄압도 심했고, 힘이 약해 아무것도 변화시킬 수 없었다. 힘을 갖는 조직, 노동조합을 만들어야 한다는 생각에 '교사는 교육노동자'라는 신언을 하며 전국교직원노동조합을 결성했다.

'교사는 노동자'라는 선언을 했을 뿐인데, 해직되었다. 강원도에서만 40여 명, 전국적으로는 1,500여 명에 이른다. 이것을 '교사 대학살'이라고 표현한다.

'거리의 교사'로 이름 붙여진 해직 생활은 물론 쉽지 않았다. 월 30만원으로 애 둘을 키우며 생활했다. 그렇지만 나 스스로 당당하고 옳다는 신념 때문에 당하는 고통이라 참고 견딜 수 있었다. 오히려 교육의 모순과 문제점을 더 공부하고 체험하는 기회가 되었다.

4년 만에 복직했고, 민주화 운동으로 인정받았다. 이후, 두 번의 교육위원을 거치고, 2010년에 주민직선 초대 교육감에 이어 지난 6·4 선거에서 재선되었다.

🌱 적정 근로시간

근로기준법 제4장 제50조(근로시간)

1. 1주간의 근로시간은 휴게시간을 제외하고 40시간을 초과할 수 없다.

2. 1일의 근로시간은 휴게시간을 제외하고 8시간을 초과할 수 없다.

3. 제1항 및 제2항에 따른 근로시간을 산정함에 있어 작업을 위하여 근로자가 사용자의 지휘·감독 아래에 있는 대기시간 등은 근로시간으로 본다.

— 법률 제12527호, 2014.03.24., 일부개정/시행 2014.3.24.

1864년 조선에서는 고종(高宗)이 즉위했다. 미국에서는 노예해방이 이루어졌다. 같은 해 영국 런던에서는 마르크스와 엥겔스가 주도한 제1인터내셔널, 즉 국제노동자협회가 창립되었다. 이때의 주요 의제는 '1일 8시간 노동'이었다.

세계적으로 주40시간 근무제를 쟁취하기 위한 투쟁의 역사는 근 150년이 걸렸다. 그러나 우리가 주40시간 근무제를 얻는 데는 불과 3년(2000년 5월~2003년 9월)이 걸렸다. 그것도 서구의 경우가 노동조합의 끊임없는 투쟁 결과였다면 우리는 대통령의 선거 공약 이행으로 이루어졌다.

그렇다고, 여덟 시간 노동이라는 "근로기준법을 준수하라! 우리는 기계가 아니다!"면서 몸에 불을 붙이고 산화한 전태일(1948~1970) 열사 등의 처절한 역사가 무시될 수는 없다. 11월 13일, 정규 교육을 받지 못한 전태일이 분신하기 전 청옥고등공민학교 동창들에게 보낸 편지 형식의 유서를 다시 읽는다.

"사랑하는 친우(親友)여, 받아 읽어주게. 친우여, 나를 아는 모든 나여. 나를 모르는 모든 나여. 부탁이 있네. 나를, 지금 이 순간의 나를 영원히 잊지 말아주게. 그리고 바라네. 그대들 소중한 추억의 서재에 간직하여주게……."

정신적 영양실조

한국의 가장 큰 교육 문제는 주입식 교육이 아닙니다. 더 흉측한 문제가 있습니다. 우리 한국에서는 청소년들의 꿈마저 주입시키고 있다는 것입니다.

— 『조 교수의 인재혁명』, 조벽, 해냄, 2010

"보수는 괴로워하지 않고 아이를 경쟁에 밀어 넣고, 진보는 괴로워하며 아이를 경쟁에 밀어 넣는다. 보수는 아이가 명문대생이기를 바라고, 진보는 아이가 의식 있는 명문대생이기를 바란다."

2010년 3월 학교 게시판에 대자보 하나 붙이고 학교를 떠난 김예슬 학생이 한 말이라고 한다. 그리고 4년이 지났다.

OECD 통계에 따르면 여전히 대한민국 20대 자살률은 세계 최고다. 인생의 에너지가 넘쳐나야 하는 20대마저 자살을 선택하고 있다. 이런 현상을 조벽 교수는 '한국 대학생 상당수는 정신적 영양실조에 걸린 듯 보인다.'고 평가했다.

대학수학능력시험, 또는 내신 성적 1등급은 앞에서 4%만이 차지할 수 있는 등급이다. 그런데, 이들 대부분이 의사나 공무원이 되고자 한다는 것을 볼 때 이는 한 개인을 넘어서 국가적 비극이다.

'꿈을 주입시키는 교육'이라니 끔찍하지 않은가. 실패를 용서하지 않는 학교, 줄을 조금이라도 벗어나면 낙오자가 될 것처럼 협박하는 사회는 모두에게 비극이다. 막연한 집단적 두려움을 아이들에게 강요하지 말고, 자유롭고 행복했던 기억을 돌이켜보자. 수백 번, 아니 수천 번의 실패를 넘어 스스로 일어서고, 말하고, 글을 읽을 수 있도록 기다려주는 것, 그것이 최선의 교육이다.

REMEMBER 20140416

유족들의 힘겨운 표정과 몸짓 그 피곤함의 연속인 날들을

밀쳐내려는 사람들 사이에 바득바득 머리 디밀고 찍어 힘겹게

기록하는 일, 이것은 진실한 기억을 위해 얼마나 중요한 일인가.

어쩌면 우리는 지금 커다란 벽 앞에 서있는 것일지 모른다.

담쟁이가 저 벽을 넘기 위해 더디게 한 뼘씩 성장해가듯이 우리도

그렇게 가고 있는 것이라 믿는다.

잊지 말아야 할 기억도 있다.

— 『잊지 않으려는 기록, 기억의 방법』, 사진작가 이동호 외 11명(방송인 김미화), 도모북스, 2014

세월호 침몰 참사, 이런 일이 왜 일어났어야 하는지 지금도 화가 나고 답답하다. 자라나는 젊은 세대를 지켜주지 못한 어른으로서 미안하고 또 미안하다. 사회안전망 없는 개발주의, 성장주의에 매달려온 우리 사회의 폭력성을 뼈저리게 느낀다.

"제가 30대 때 삼풍백화점이 무너졌어요. 사연을 들으면서 많이 울었는데 지금 생각하면 그 뒤로 제가 한 일이 없는 거예요. 10년마다 사고가 나는 나라에서 제도를 바꾸려고 아무 노력도 하지 않아서 제가 똑같은 일을 겪었어요."라고 울부짖었던 세월호 유가족분의 말씀이 지금도 귓가에 생생하다.

지록위마(指鹿爲馬), '사슴을 가리켜 말이라고 일컫는다.'는 뜻으로 교수들이 선정하는 2014년 사자성어이다. 조돈문 카톨릭대 교수는 "(세월호 사태를) 정부가 사고로 규정해 진실규명을 외면하는 것은 국가의 실패를 감추기 위해 거짓말로 속이는 것"이라고 평했다.

잊힘의 역사는 되풀이되고, 오도된 기록은 또 다른 생목숨을 희생시키게 될 것임을 우리는 수없이 보아왔다. 그렇기에 큰 고통이 따르지만 잘못된 일을 들춰내고 진실 그대로 기록해 후세에 남기려는 분들에게 존경을 보낸다. 아침 출근길, 나 또한 노란 리본을 가슴에 달면서 기록하고 기억하려 한다. 그리고 잊지 않겠다는 약속을 한다.

REMEMBER. 20140416.

❦ '중2병'이라는 이름으로

이름이 바르지 않으면 말이 순조롭지 않고, 말이 순조롭지 않으면
일이 이루어지지 않고, 일이 이루어지지 않으면 예악(禮樂)이
일어나지 않으며, 예악이 일어나지 않으면 형벌이 공정하지
못하고 그러면 백성들이 어찌할 바를 모른다.

— 『논어(論語)』 자로(子路)편

아이들 싸가지가 없다 한다. 버릇이 없단다. 무섭단다. 뭐 어제오늘 일이 아니다. 공자가 살던 때에도 그랬다.

어른의 눈으로 보면 아이들은 언제나 모자라고 서툴고 문제투성이다. 말이 났으니 말인데, 버릇 있는 애들이 있던 시절이 있기나 했나. 어른이 만든 틀에 아이를 끼워 맞추려니 온전한 아이가 과연 몇이나 있겠나. 자신의 침대 길이에 맞춰 사람을 늘리거나 잘라버렸던 그리스 신화 속 프로크루스테스가 따로 없다.

요즘 아이들을 판단하는 잣대 가운데 하나가 '중2병'이다. 북한이 남침 못하는 까닭이 '중2' 때문이라는 우스갯소리도 있다. 그런데 이 또래 아이들이 보이는 몸짓이나 말, 감정들을 덮어놓고 '중2병'으로 뭉뚱그려 이름 붙여도 될까. 아프면 아프다고, 슬프면 슬프다고, 힘들면 힘들다고, 화나면 화난다고 말하는 게 사람 아닌가. 이 또래 아이들이 보이는 생물학적 변화 때문도 분명 있겠지만, 잔혹한 정글이 된 대한민국 교육 때문에 드러나는 몸짓이라면 어찌되는가? '중2병'이란 이름에는 그런 위험이 도사린다. 어른들 눈에 거슬리는 병적 증세는 모두 중2병이 되어 고스란히 아이 잘못이 된다. '교육'의 이름으로 한통속이 되어 아이다운 삶을 빼앗고 꼭두각시놀음을 강요한 어른들 잘못은 없는 일이 되고 만다. 진짜로 비뚤어지고 병든 건 아이가 아니라 우리 어른이고 사회인데도 말이다.

놀이의 흔적, 흉터

어린이들은 언제 어디서나 모든 것을 가지고 논다. 어린이를
위해서 놀이기구를 설치해주는 것이 아니라 놀 수 있는 분위기를
만들어주고, 그것을 이끌어내는 것이 필요하다.

— 독일 놀이터 디자이너 '귄터 벨찌히' 특별 강연에서

지금 어른들은 학교 끝나기 무섭게 산으로 들로 바다로 쏘다니며 자랐을 것이다. 어릴 적 놀던 이야기를 할 때 보면 내남없이 입가에 웃음이 살아난다. 그러면서 죽다 살아난, 정말 아찔한 일 한두 가지씩 꺼내놓는다. 옛 동무라도 만나는 날이면 자기 몸에 새겨진 놀이의 흔적(흉터)를 보여주며 신이 나서 영웅담을 늘어놓는다.

부모라면 누구랄 것 없이 '안전한 놀이, 안전한 놀이터'를 바란다. 자연스런 귀결로 놀이기구와 놀이터에 대한 안전 규제를 높이고 안전 검사를 꼭 해야 하는 시대가 왔다. 강원도교육청도 유치원이나 학교 안 놀이터와 운동기구를 꼼꼼히 살피고 고무블록이나 플라스틱 놀이기구를 안전인증 받은 것으로 바꾸었다. 진작에 그랬어야 했다.

그런데 안전기준을 높이면서 기준에 못 미치는 놀이터가 사라진단다. 안타깝다. 언제라도 안전을 강조해야겠지만 아이들이 찾지 않는 놀이터를 만들어선 안 된다. 아이들은 오히려 위험이 뭔지도 모르고 자라날 것이다. 권터 벨찌히 말을 떠올리며 안전과 놀이의 균형을 생각한다. 놀이터는 어른에게서 벗어나 아이들 마음이 끌리는 곳이 되어야 한다. 그게 우리 어른들이 할 일이다.

🌱 뜨거운 어떤 것

그러나 만약 내가 그 사내의 딸로 태어났다면…… 만약 그랬다면
…… 나는 문득 걸음을 멈출 수밖에 없었다. 고압선에 손을 댄
것처럼 강렬한 충격이 온몸을 지나갔다. 어두운 동굴에서 나와
갑자기 내리쬐는 햇빛을 볼 때처럼 눈앞이 아득해왔다. 나는
비틀비틀 걸어가 벽에 손을 짚고 서있었다…… 그랬다 해도 나는
박사가 되고 교수가 될 수 있었을까. 만일 내가 그 사내의 딸로
태어나 피눈물 나는 고생 끝에 얼굴 가득한 기미와 옥에 갇힌
남편과 사기꾼이 되어버린 아버지를 얻었다면…… 그랬다면……
오늘의 내가 전적으로 자신만의 영특함으로 된 것이 아니라면
오늘날의 그 사내도 전적으로 자신만의 잘못으로 이리 된 것은
아니어야 하지 않을까. 그러나…… 뜨거운 어떤 것이 목에서
가슴으로, 가슴에서 배로 천천히 내려갔다.

─ 「손님」, 공지영, 『한국문학』, 1989년 1월호

1989년 새해 벽두에 나는 이 소설을 읽었고, 그해 5월 우리는 전국교직원노동조합의 참교육 깃발을 올렸다. 그리고 악랄한 비방과 탄압 속에서 나는 해직되었다. 학생들에게 헌신하고 수업과 학급운영에 열정을 나해 일했을 뿐인데, 그리되었다.

그러나 나는 알았다. '내가 전적으로' 나만의 특출한 깨달음으로 그리'된 것'도 아니고, 또한 '전적으로' 나만의 '잘못으로 이리된 것'도 아님을. 또한 지금은 '뜨거운 어떤 것이 목에서 가슴으로, 가슴에서 배로 천천히 내려'가더라도 언젠가는 이 '뜨거운 어떤 것'이 온 나라에 용솟음칠 것임을 나는 알았다.

스무 해가 지나 나는 강원도교육감이 되었다. 아이들이 '선생님'이라 불러주던 교사 시절이나 '교육감선생님'이라 불러주는 지금이나 내 할 일은 별반 다르지 않다고 생각한다. 잘못된 교육정책을 바로잡고, 학교교육 정상화에 헌신하고, 환경·노동·평화·생명·인권 등 교육적 가치를 지향하는 것들 말이다.

또한, 강원의 공교육을 책임지는 교육감으로서 흔들리지 않는 나의 각오, 즉 적어도 아이들이 학교에 오면 부모의 경제·사회·문화적 능력이나 환경에 관계없이 똑같은 교육을 받게 하겠다는 것 역시 '뜨거운 어떤 것'과 일맥상통한다고 생각한다.